임 영 조 시 집

귀로 웃는 집

차   례

제 1 부 겨울 산행

겨울 산행 ······································8

도꼬마리씨 하나 ······················10

익명의 스냅 ·····························12

자벌레 ·····································14

파 리 ·······································16

매미 껍질 ·······························18

장수하늘소·······························20

개미에 관한 소고 ····················22

지 네 ·······································27

거 미 ·······································28

난세의 영웅 ·····························30

나는 지금 혼자다 ····················32

자목련 ·····································34

연을 띄우며 ·····························36

세모에 ·····································38

제 2 부 孤島를 위하여

孤島를 위하여 ································42

나 비 ···································44

봄 산행 ·································46

여름 산행 ································48

덩굴장미 ································50

벌 ·····································52

잠자리 ··································54

사마귀 ··································56

귀뚜라미 ································58

나팔꽃 ··································60

아지랑이 ································62

시 읽기 1 ······························63

시 읽기 2 ······························64

글쎄요 ··································65

새해를 향하여 ···························66

제 3 부 이소당 시편

토종감 한 알 ····························70

행복한 난청 ·····························72

이소당 시편 1 ······················· *73*

이소당 시편 2 ······················· *74*

이소당 시편 3 ······················· *75*

이소당 시편 4 ······················· *76*

이소당 시편 5 ······················· *78*

이소당 시편 6 ······················· *80*

이소당 시편 7 ······················· *82*

나 홀로 집에 ························· *83*

백두산 가는 길 ····················· *84*

백두산에 오르다 ··················· *86*

天池를 보다 ························· *88*

가을 산행 ··························· *90*

벼락맞은 소나무 ··················· *92*

제 4 부 개별꽃

겨울 만다라 ························· *96*

개별꽃 ······························· *98*

어떤 선문답 ························· *101*

시학 강의 ··························· *102*

민들레 연가 ························· *104*

고 백 ······························· *106*

반딧불 ··· 108

직소폭포 ··· 110

선운사 동백꽃 ······································ 112

평해의 달 ·· 114

피사리 ··· 116

말 ··· 118

낮 달 ··· 120

가을 숲 ·· 122

문장대에 오르다 ··································· 124

해 설 ······························· 남 진 우 · 127
후 기 ··· 147

제 1 부

겨울 산행

겨울 산행

눈 오다 그친 일요일
흰 방석 깔고 좌선하는 산
아무리 불러도 내려오지 않으니
몸소 찾아갈 수밖에 딴 도리 없다
가까이 오를수록, 산은
그곳에 없다, 다만
소요하는 은자의 처소로 남아
오랜 침묵으로 品을 세울 뿐
어깨는 좁고 엉덩이만 큰 보살
도량이 워낙 넓고 깊으니
나무들은 제멋대로 뿌리를 박고
별의별 짐승까지 다 받아주는
이승의 마지막 대자대비여!
뽀드득
뽀드득 잔설을 밟고
숨가쁘게 비탈길을 오르면
귀가 맑게 트이는 법열이여!
잡목들이 받쳐든 푸른 하늘에
간간 수묵을 치는 구름

눈짐 진 노송이 문득
잘 마른 화두 하나 던지듯
엿다! 솔방울을 떨군다
덤불 속 멧새들이 화들짝 놀라
재잘재잘 山經을 읽는 소리
은유인지 풍자인지 아니면 해학인지
들어도 모를 난해시 같다
(좌우간 정상에 있을 때 몸조심하고
오를 때보다 내려갈 때
더욱 조심하도록)
귀뺨을 때리는 눈보라여!
단지 헝클어진 마음이나 빗으러
겨울산을 오르는 나는
리얼리스트인가?
로맨티시스트인가?
그것이 알고 싶어 산에 오른다.

도꼬마리씨 하나

멀고 긴 산행길
어느덧 해도 저물어
이제 그만 돌아와 하루를 턴다
아찔한 벼랑을 지나
덤불 속 같은 세월에 할퀸
쓰라린 상흔과 기억을 턴다
그런데 가만! 이게 누구지?
아무리 털어도 떨어지지 않는
억센 가시손 하나
나의 남루한 바짓가랑이
한 자락 단단히 움켜쥐고 따라온
도꼬마리씨 하나
왜 하필 내게 붙어 왔을까?
내가 어디서 와서
어디로 가는지도 모르고
무작정 예까지 따라온 여자 같은
어디에 그만 안녕 떼어놓지 못하고
이러구러 함께 온 도꼬마리씨 같은
아내여, 내친 김에 그냥

갈 데까지 가보는 거다
서로가 서로에게 빚이 있다면
할부금 갚듯 정 주고 사는 거지 뭐
그리고 깨끗하게 늙는 일이다.

익명의 스냅

봄소풍 나온
할머니들 대여섯이
오순도순 화투를 친다
손주 같은 햇살이 아장아장
걸음마를 배우는 잔디밭에서
노년을 말리듯 화투를 친다
이미 색 바랜 光과 남은 소망을
한 장씩 탁탁 던지고 나면
웬지 허전하고 저린 손이여
못내 아쉽고 덧없는 세월이여
송학이 앉았다 날아간 자리에
매화가 피고 지고
객혈하듯 벚꽃이 흥건한 방석
때아닌 국화, 철 이른 모란 난초
덩달아 피고 지는 화무십일홍
하느님도 구경하기 심심하신지
싸리순 몇꿋 짐짓 내미는 봄날
이런 날은 더이상
보탤 것도 뺄 것도 없는

단순한 기쁨이 좋다
익명의 스냅이 좋다.

자벌레

곤충 채집 1

초록은 동색이렷다
온몸에 보호색을 두르고
한평생 남의 몸에 빌붙어
굽실굽실 자질하다 가는 생
한치 앞도 못 보는 주제에
하, 그것도 재주라고
높게 낮게 포복하는
저 풍신 좀 봐라!
먹이가 있는 곳에 벌레가 꾀고
벌레의 탐욕이 기교를 깐다
살찐 배추잎을 재는 척 갉아먹고
들키면 잽싸게 잎맥으로 변신하는
이 징그러운 식충을 어찌 잡을꼬!
세상을 내 멋대로 재본 적 없는
나는 오직
어눌한 세 치 혀나 있을 뿐
가공할 대포도 펀치도 없으니
에라, 모르겠다
너 죽고

나 죽고
고엽제나 막 뿌려?
앞뒤를 너무 재다 때를 놓친다.

파 리

곤충 채집 2

제법 멋진 날개옷에
빤질빤질 윤나는 상판대기로
예고 없이 날아드는 건달놈
온갖 증오와 저주를 한몸에 받지만
언제 어디서나 목숨을 걸고
신출귀몰하는 유물론자다
희롱인지 재롱인지
아무나 붙들고 참견하기 잘하는
오, 성가신 친구여,
나는 가끔 네가 부럽다
도무지 어디에 허리 꺾고
손 비비고 사는 재주도 없어
이 둔한 손으로 허공이나 저을 뿐
너의 아연한 활약에 속수무책인
나는 다만 어디론가 숨고 싶단다
손이 발이 되게 비노니
부디 용서하시압, 그리하여
핥고 빨고 씹고 뱉다 물리면
손 털고 날아가면 그만인

그 잽싼 처세가 나는 부럽다
쉼표 혹은 마침표 같은
탐욕의 덩어리여,
식욕이 왕성할 때까지만
살맛나는 시절이므로
두루두루 포식하다 가거라
탁!
생전에 가장 날렵하고 근면했던
그러나 역시 파리 목숨인
한 걸신의 비명횡사에
나는 오늘 기꺼이 헌사를 쓴다.

매미 껍질

곤충 채집 3

늦가을 탱자나무 가지에
해탈하듯 허물을 벗어 걸고
어디론가 잠적한 은자
그가 남긴 구각을 들여다보면
비로소 햇빛 본 유고집 같다
지난 여름 내내
한 소절의 시를 위하여
쓰디쓴 동음어만 반복하다 간
음유시인의 애절한 영가
아직도 맴맴 귓바퀴를 돌린다
한평생 집 한칸 없이
세속을 멀리하고 숲 속에 숨어
바람과 이슬만 먹고 산 그는
필생의 마지막 절창을 뽑기 위해
온몸을 쥐어짜며 시를 읊었다
(치릴 파릴 치릴 파릴
배부르고 편하면 시가 안된다?)
그리하여 이 가을 홀연
장정이 투명하고 광나는

시집 한 권 남기고 갔다
아무도 모르게 열반에 들 듯.

장수하늘소

곤충 채집 4

나?
그만 손뗐어
유서 쓰듯 사표를 써 던지고
굴욕의 밥숟갈 뺐어
백주에 목줄 푼 탈옥수처럼
그 집을 냉큼 빠져나왔어
더이상 심문하지 마!
나는 결코 공범이 아니니까

이제 어디로? 걱정마!
어디나 원래는 길이 없었다
가고 오니 길이 났을 뿐
길을 두고 뫼로 가는 장수하늘소
어눌하게 땅을 기던 갑충이
언제 저런 날개가 있었던고?
카이저 수염같이 멋진 더듬이
빳빳이 치켜세운 채
벌써 청계산 숲 속을 소요한다
마른 가슴과 배를 맞비벼

꾸르륵 찌르륵 선율을 켜며 난다

보라, 저 겹눈 가득히
우주의 신비를 담았다 덜고
덜었다 담는 조화를
그러나 눈이 작은 좀벌레는
좀처럼 볼 수 없다는
장수하늘소는 결코
썩은 고목에 입을 박지 않는다
굶주린 무위로 하늘을 날 뿐.

개미에 관한 소고

곤충 채집 5

1

검은 제복 한 벌로
속내를 모두 가린 쌜러리맨
그는 또 집을 나선다
최첨단 촉각은 집총 자세로
일용할 양식을 얻기 위해
충혈된 두 눈이 탐조등 같다
목이 타는 한여름
따가운 땡볕 맨머리로 받으며
오, 사바로 가는 탁발승이여
그 고된 행각도 득도에 속하는가?
낯선 시간 속, 그
미지의 세계를 더듬어가는
절실한 공복만이 새 길을 낸다
얼마를 더 가야
이 고달픈 업을 벗게 되는지
그는 늘 저축만이 살길이라고
날마다 허리띠를 조르고

길을 떠난다, 그리고 가끔
이 길로 곧장 가출해버릴까
아니면 출가를 할까 하다가
해질녘 그만
지친 제 그림자 하나 물고
집으로 기어드는 참으로
충실하고 소심한 근로자였다
(그래서 개미들은 노조도 없나?)

2

그 집단은 철저한 세습군주제이다. 신분은 대개 여왕개미 수개미 일개미로 나뉜다. 여왕개미는 옥체가 커서 배도 크고 가슴도 크고 생식기도 잘 발달돼 있다. 날개는 있으나 결혼비행이 끝나면 곧 떼어버리고 밀폐된 방에 홀로 들어가 면벽하며 알을 낳는다. 유충이 나오면 분비물로 보육하고 우화시킨다. 그때부터 다이어트에 들어가 미용과 건강에 힘써 장기집권하며 무소불위 생을 즐긴다.

수개미는 촉각이 길고 (성기도 크고?) 날개가 있다. 노상 여왕개미 주위를 알찐거리며 한량처럼 빈둥빈둥 놀고 먹다가 습도 높고 맑은 날 바람 없는 때를 받아 여왕과 비행하며 쎅스를 즐기다가 사정하는 즉시 복상사로 요절한다.

일개미는 암컷인데 생식기관이 나쁘고 날개도 없어서 평생 일만 하다 죽는다. 전후 세대들처럼 날 때부터 영양이 부실하고 몸집도 작아 늘 밖으로 돌며 먹이를 날라오고 집을 넓힌다. 기력이 쇠하거나 나이가 들면 토사구팽 당하듯 목이 잘린다. 같은 일개미라도 대형 중형 소형 세 직급이 있는데 그 중에서 대형급이 병정개미다. 머리와 큰턱이 특히 발달되어 외적을 방어하거나 딱딱한 먹이를 잘게 부수는 임무를 맡는다. 눈이 좋아 망을 잘 보고 범법자를 처단하고 노쇠한 일개미의 목 자르는 망나니 역할도 한다.

왕위는 절대로 세습제이며 일개미가 증가하고 재력이 커지면 여왕은 보육에서 해방된다. 호의호식하고 여생을 즐기며 최고 십오년까지 장수하는데 물욕은 끝이 없어 불철주야로 재산증식 기회만 노리듯 산란하는 일에도 전념한다.

그러나 일개미는 한평생 부지런히 일해도 언제나 허기지

고 가난해서 결혼은커녕 내 집 마련 꿈도 못 꾼다. 성실히
일한 대가는 바로 여러분의 몫이라는 여왕의 말만 믿고 분
골쇄신 충성하고 납세 잘 하다가 과로로 그만 순직하거나
비명횡사하지 않으면 고작 일이년 대형은 사오년 동안 헌
신하다가 그 서러운 생을 마감한다는 기록이다.

3

실은 나도 한때 그랬어
하루치의 희망을 벌기 위해
스무 몇 해 꼬박꼬박
박명을 밟고 나가
늦은 밤에 기어드는 일벌레였어
날마다 설설 기고 눈치나 보는
그래도 노동은 늘 신성하다고
굴욕의 미끼까지 성은이라고
그게 다 수치 아닌 행복이라고
이따금 큰소리 땅땅 치는
한 마리의 왜소한 일개미였어

이제사 그 구렁 빠져나오니
군살이 추려진 내 뼈도 보이고
아연 가까워진 하늘에
비로소 내 이름 대며
우화등선하듯 날개를 달고 싶어
이 세상 끝까지 소요하고 싶어
(벌레는 원래 뼈가 없었어!)

지　　네

날 좀 보소오
나알 좀 보오소
고작 그 한 소절 보여주려고
그렇게 긴 수다를 떨다니⋯⋯
⋯⋯⋯⋯⋯⋯⋯⋯⋯⋯⋯⋯⋯⋯⋯
오, 수식어만 현란한 카퍼레이드여!
생은 왜 한 줄로 요약되지 않는가?
오, 징그러운 말줄임표여!
가려운 등이나 긁어다오
땅 짚고 장단이나 쳐다오
궁자라작작 설렁설렁 짝짝짝
어! 지네가 또 나오네
횡설수설 말만 많고
내용이 별로 없는 산문시처럼.

거 미

곤충 채집 6

그물을 짠다
투명한 유혹의 은실을 풀어
끈끈한 욕망의 신경을 늘여
그물을 친다
씨줄과 날줄을 걸어
사방팔방 짜 늘인 레이스
경계가 삼엄한 레이더망이다
지난 과오를 줄줄이 실토하듯
감히 공중에 내건 죄가
저토록 길고 아름다울 줄이야
속셈이 교활한 자의 언어는 늘
현란하고 멋지고 향기롭다지?
그러니까 머리만 큰 짐승이 뱉어낸
달변과 혀를 조심하도록
그건 대개 사람 잡는 덫이 아니면
어디서 슬쩍 해온 장물이므로
저런! 그새 또 걸려들었군
오죽잖은 날개로 겁 없이 설치더니
그물에 걸려 바둥대는 날벌레

거봐, 내가 뭐랬어?
거미는 죽은 건 먹지 않는다니까
그렇다, 詩想도 역시
산 걸로 낚아야 제 맛이 난다
잡는 즉시 단단히 포박한 채
고문하듯 비틀고 뒤집고 까봐야 안다
실컷 두들겨 혐의가 풀린 다음
꼭꼭 씹어 먹어야 좋은 실이 뽑히듯
오늘도 나는 그물을 짠다
빈방에 홀로 웅크린 거미처럼
은빛 투명한 그리움 풀어
막막한 허공에 그물을 친다
온 하루 날파리를 기다리다 지치면
내가 친 그물에 매달려
대롱대롱 그네나 타고, 때로는
가장 팽팽한 현을 골라
차이꼬프스끼의 「비창」을 탄주한다.

난세의 영웅

곤충 채집 7

한밤중 모기 한 마리
불현듯 날아들어 설친다
어둠 속에 제 이름 대듯
앵앵거리는 심야의 공습경보
머리카락 보일라 꼭꼭 숨어라
그러나 세상은 이미 실명제시대(?)
무겁고 거추장스런 육봉을
감쪽같이 숨길 곳은 어디랴
그래도 행여
엉성한 베이불로 가려보는 치부여!
너 정신차려! 날렵한 자객이 먼저
온몸에 따끔따끔 침을 놓는다
침맞은 여름밤이 잠을 설친다
피를 봐야 성이 차는 불한당
놈이 그중 날렵한 척후병일까?
아니면 수령일까?
나머지는 어디 숨어 구경하는지
종횡무진 혼자 날뛴다
난세에는 무얼 몰라 용감한

목소리만 큰 자가 영웅이라지?
남의 차 들이받고
큰소리 먼저 치고 삿대질하듯
남의 피 먼저 빨고 종적을 감춘
오, 난세의 영웅이여!
밤새 당한 나는 외친다
그래, 너만 잘 먹고 장수하라고
외친다, 모기만한 소리로.

나는 지금 혼자다

우선 빗장을 지른다
커튼을 내리고 전등을 끈다
세상과 내통하던 전화도 불통
누가 와서 찾아도 들키지 않게
숨소리도 죽인 채 나를 가둔다
마침내 바깥과 끊겼다는 절박감
절박한 안도감이 나를 사로잡는다
감정을 내쫓고 관념마저 탁탁 턴
나의 대뇌는 이제
멍청하고 가벼운 진공상태다
느닷없이 혼 나간 백열등처럼
뜨거운 침묵이 지배하는 방이다
자, 그럼 슬슬 시작해볼까
단 한방에 요절낼 고성능 폭탄
얼핏 보면 재래식 같은
실은 함부로 다루기 거북한 시 같은
사제폭탄 하나 만드는 거다
왜냐고 묻지는 말라, 하여튼
터지면 좋고 안 터져도 그만인

가공할 핵 하나 만드는 거다
일촉즉발의 뇌관이 장착된
벽시계만 저벅저벅 죽음을 재는 방에
나는 지금 혼자다
화끈한 음모의 불씨를 품고
눈부신 자폭을 꿈꾸는
쉰살이 무거운 나는 지금 혼자다.

자 목 련

화창한 봄날
고궁 뜰을 혼자서 거닐다가
우연히 마주친 여인
빙긋이 웃으며 아는 체한다
어디선가 본 듯한 얼굴인데
얼핏 생각 안 나는
저 지체 높고 우아한 자태
어느 명문가 홀로된 마님 같다
진자줏빛 비로드 저고리에
이루 다 말로 못할 슬픔이 서려
앞섶에 살짝 꽂은 금빛 브로치
햇빛 받아 더욱 눈부셔
함부로 범접하기 황송한지고
세상에 아직 잔정이 많아
서둘러 치장하고 봄마중 나온 마님
안부를 묻듯 실바람만 건듯 스쳐도
금세 눈물이 앞을 가려
하르르 꽃잎부터 떨구는 작별
그후로 세상은 또 한차례

화사한 소문이 나돌 듯
별의별 꽃말이 분분하였다.

연을 띄우며

연을 날린다
눈 오는 설날 아침
바람이 잘 드는 언덕에 올라
맑은 꿈을 배접한 연을 띄운다

내 가슴속 얼레에 감긴
오랜 연모의 질긴 실꾸리
하얀 그리움 스르르 풀어
그대 사는 하늘로 연을 날린다

당기면 당길수록 달아나는 새
끊길 듯 이어지는 정처럼
가늘은 인연의 실끝을 물고
하늘 멀리 가물가물 치솟는 새여
내 몸 속 핏줄까지 물고 가다오

서설이 내려도 추운 이를 위하여
진정 외롭고 슬픈 이를 위하여
시린 손 호호 불며 얼레를 풀면

한 마리의 상서로운 학같이
튼실한 絃을 차고 뜨는 내 사랑

아직도 소식 없는 그대여
내가 띄운 연을 보거든
먼 그대 안부를 묻는 줄 알라
내 사무치는 그리움 모조리 풀어
그대 사는 하늘로 띄운 줄 알라.

세 모 에

하릴없이 저무는 세밑
징글벨 징글벨 눈이 내린다
저마다 수족이 짧아
갈 길이 바쁘고 먼 이 겨울
떠나는 자 더욱 쓸쓸하라고
하얀 코러스로 눈이 내린다
꾸불꾸불 지나온 길은 이미
낡은 은박지로 구겨져 있고
아직도 휴거를 기다리듯
하늘을 향해 서서 자는 나무들
추억의 창 밖엔 지금
종말처럼 뉘엿뉘엿 날이 저문다
우리 예서 그만 헤어지자
눈이 와서 눈이 부신 날
무엇을 더 사랑하고
무엇을 더 미워할 수 있으랴
흉허물로 얼룩진 입성을 벗고
땅에서 얻은 짐은
땅에 부리고, 안녕! 안녕!

막차 타듯 이별할 때다
물비늘 반짝이는 저녁 강물에
서러운 그림자를 멀리 띄워 보내고
총총히 혼자 돌아와
안경알을 다시 닦는 세모여.

제 2 부

孤島를 위하여

孤島를 위하여

면벽 100일!
이제 알겠다, 내가 벽임을
들어올 문 없으니
나갈 문도 없는 벽
기대지 마라!
누구나 돌아서면 등이 벽이니

나도 그 섬에 가고 싶다
마음속 집도 절도 버리고
쥐도 새도 모르게 귀양 떠나듯
그 섬에 닿고 싶다

간 사람이 없으니
올 사람도 없는 섬
뜬구름 밀고 가는 바람이
혹시나 제 이름 부를까 싶어
가슴 늘 두근대는 絶海孤島여!

나도 그 섬에 가고 싶다

가서 동서남북 십리허에
해골 표지 그려진 禁標碑 꽂고
한 십년 나를 씻어 말리고 싶다

옷 벗고 마음 벗고
다시 한 십년
볕으로 소금으로 절이고 나면
나도 사람 냄새 싹 가신 等神
눈으로 말하고
귀로 웃는 달마가 될까?

그뒤 어느 해일 높은 밤
슬쩍 체위 바꾸듯 그 섬 내쫓고
내가 대신 엎드려 용서를 빌고 나면
나도 세상과 먼 절벽섬 될까?
한평생 모로 서서
웃음 참 묘하게 짓는 마애불 같은.

나   비

곤충 채집 8

천하에 바람둥이
건들건들 봄바람 몰고 오네
아직도 백일몽에 취한 듯
어질어질 갈지자로 날아오네

오색 무늬 빛부신 錦扇
여봐란 듯 살랑살랑 흔들면
햇빛가루 흩날리는 현기증
세상은 또 한차례 色이 動하네

저 황홀한 춤사위로
꽃입술 헤벌어진 산도화
싸리꽃 노린재꽃 엉겅퀴꽃 앵초꽃
일제히 손짓하며 발을 구르네
오빠 ! 오빠 ! 열광하는 십대들처럼

오, 기가 승한 풍객이여 !
너는 천지간에 수놓듯
소리없는 박수로 이승을 소요하니

가난도 한낱 사치겠구나
어디에 머문들 정 두지 않고
훨훨 몸 자주 털고 가니
일생이 무겁지 않겠구나

저 눈부신 율동
그 어느 대목을 주목해야
마음 한결 헐거워질까?
삶 또한 부끄럽지 않을까?
어깻죽지 자꾸만 시큰거리네.

봄 산행

사람이 그리운 날
사람을 멀리하고 산에 오른다
오르면 오를수록 산봉은
짙푸른 색정만 상승하는 곳
색이 공일까? 공이 색일까?
이 세상 날고 기던 목숨들
종당에는 산으로 가기 마련
그러니까 등산은 사전답사 같은 것?
인파 넘치는 관악산 피해
매봉에 올라 야호! 고함 한번 지르고
다시 청계산 올라 天空을 받는다
그제서야 범어로 돌아오는 메아리
네가 산이다! 네가 부처다!
떡갈나무 차일 친 오솔길 가노라면
찔레꽃이 하얀 지등을 켜고
자, 여기를 보세요!
때죽나무 꽃초롱 조리개 열고
일제히 터트리는 플래시 세례
(우상은 늘 외눈박이 편견들이 세웠다!)

연초록물 번지는 잡목림 사이사이
버짐처럼 허옇게 핀 산벚꽃
색이 넘치면 보는 눈도 가렵다
밤나무가 되려다 만 나도밤나무
아직도 숙제를 못해왔는지
손 들고 벌 서는 아이처럼 멋쩍다
자꾸만 키들대는 제비꽃 무리
(너희들도 신세대니?)
그러고 보니 어느새 나도
사람 벗은 한 마리 나비였구나
어느 경전 위에 앉아도 두렵지 않은……
뻐꾹새가 불현듯
내 마음 빈터로 날아들어
뻐꾹뻐꾹 뻑뻐꾹 방점을 찍는다
이제 그만 환속하라고?

여름 산행

더위먹은 수캐처럼 헐떡거리며
내가 여름 산에 당도하니
산은 이미 막달 찬 임부였다
간밤에 내린 비로 뒷물 막 끝낸
서늘하고 향긋한 몸내
홀리듯 계곡으로 몸 들이민다
(그럼 이내 쎅시한 허리 꿈틀
아무나 덥석 받아줄 줄 알았지?)
그러나 여름 산은 내색이 없다
까닭없이 변심한 애인처럼
표정 참 냉랭하고 무겁다
(이 머쓱한 화상을 어디 감추지?)
예라, 웃통을 홀랑 벗고 내가 눕는다
누워서 산을 받는 이 쾌감!
왜 몰랐을꼬? 이 손쉬운 열락을!
이 다음 나 세상 뜰 때도
옳거니, 무릎 치듯 문득 떠나리
내내 기척 없던 매미들
쑤왈쑤왈 범어로 염불하는

저 아래 으슥한 숲 속
조루증의 사내들 대여섯이
식은 땀 뻘뻘 개고기를 뜯는다
나무아미타불! 비호같이 내려가
모조리 산 채로 어홍! 관세음보살!
여름 한낮 꿈이 비리다.

덩굴장미

오월 한낮 햇볕 아래
나른한 골목길 인적 뜸하다
누가 사는 집일까?
화사한 웃음소리 담을 넘는다
새빨간 립스틱 진하게 칠한
저 여자들 오늘이 곗날인가?
모처럼 하나같이 화색이 돈다
낮술 한잔 걸친 듯 농염한 입술
귀 빌려주면 무슨 말 할까?
온몸이 지레 후끈거린다
못 본 척 그냥 걷는다, 이봐!
새파란 덩굴손이 어깨 툭 친다
왜요? 돌아다보니, 오호호……
선혈이 낭자한 드라큐라
화려한 염문처럼 뒤따라온다
사방에 짜한 매혹적인 저 몸내
그 여자 입이 참 얇다
색이 너무 진하면 담을 넘듯
가시울 쳐도 새는 화냥끼

슬쩍 한 송이 꺾어?
그 여자 몸이 온통 가시다!

벌

곤충 채집 9

꽃나무가 꽃술을 활짝 여니
벌들이 날아든다, 아니다
벌들이 날아들어 알찐거리니
꽃나무가 꽃술을 활짝 연다고
착상을 바꾼다, 그렇다
꽃을 자주 옮긴 벌이 꿀맛을 알 듯
착상은 대개 이기심이 바꾼다
그렇거나 말거나
백주에 혼자 보는 춘화도 한 폭
누구의 화풍인지 낯이 뜨겁다
저 황홀하고 리얼한 치정 사건에
畵題를 쓰고 발문을 붙이는 건
욕이다, 부디 허튼 수작 마시라!
그의 일침은 늘 따끔하고 독하니
독설은 날카롭고 치명적이니
함부로 건드리지 마시라!
나도 곧 날개가 돋으려나
홀씨처럼 가벼워진 마음 벌써
용산역 앞길을 걷는다

호박꽃색 백열등 켠 꽃가게
화대를 묻는 것도 죄 될까 몰라
생각만 벌떼처럼 잉잉거리다
돌아서는 냉가슴이 내 사랑이다
한평생 꽃을 희롱하던 색골도
세상에 꿀을 적선하고 가는데
나는 또 무얼? 그저 곤고하고
바쁘게만 살아온 생이 빈 벌통 같다
조화를 생화라고 우기는 여왕벌과
蜂을 鳳으로 읽는 재벌은
학명이 같은 閥?
필시 罰에 쏘이리.

잠 자 리

곤충 채집 10

잠자리 한 마리가 홀연
잠든 황소 뿔에 내려앉는다
게가 어디라고 감히 !
온통 눈뿐인 머리 두리번
두리번거리다가 동작 끝 !
비로소 온전한 具象이 된다
무위에 든 듯 깜박 조는 듯
겹눈 가득 만상을 집약하고 재운다
건듯 부는 바람에 몸이 기우뚱
훌쩍 떴다가 고쳐 앉아 禪 한다
쉿 ! 누가 건드릴까 두려운 저 平靜 !
물은 절로 아득하고 꽃은 절로 붉구나[1]
저 다음 페이지는 정토일까, 무일까 ?
슬쩍 한번 들춰봐 ? 예끼 !
미혹의 손보다 먼저 뜨는 잠자리
그만 색신을 감추려나
세모시 날개 하늘하늘 털고 가니
하늘 멀리 노을가루 분분하다
오, 참을 수 없는 노여움이여

다음 생은 너와 바꾸고 싶다
귀 크면 들리는 소문만 잦고
눈 크면 보이는 것 많으니
무위에 들기가 쉽지 않구나!
소 타고 이미 고향에 도착하니
소 또한 空하고 사람까지 한가롭네.[2]

1) 「十牛圖頌」의 제9 '返本還源' 중 "水自茫茫花自紅"을 인용함.
2) 「十牛圖頌」의 제7 '到家忘牛' 중 "騎牛已得到家山 牛也空兮人
也閑"을 인용함.

사 마 귀

곤충 채집 11

햇볕 따가운 시선
머위잎 양산으로 가리고
목하 교미중인 사마귀 한 쌍
화끈한 외설이 눈길을 끈다
두 몸이 죽자사자 부둥켜안고
무아경을 헤매는 합궁, 아니
세상에 저런! 암컷이 수컷을
머리부터 아작아작 씹어먹다니!
얼마나 사랑했으면
온몸을 송두리째 먹고 싶을까?
얼마나 황홀했으면
목숨마저 기꺼이 주고 싶을까?
알다가 모를 엽기적 순애
나도 그런 사랑 한번
해봤으면 좋겠다, 열락에 빠져
사람 살려! 외칠 새 없이
마음 주고 몸 주는 마지막 보시
자살인지 타살인지 도무지
감잡기 힘든 논픽션 같은 죽음

두 개의 半身이 아니라
하나의 전체가 되는 사랑이라면
나도 하나 만났으면 좋겠다
머리에 사마귀 감춘 여자
팔다리 온통 톱니 세운 여자
말끝마다 오싹 가시 돋친 여자
참 지독한 여자 하나 만나고 싶다
너 정말 임자 만났다는 듯.

귀뚜라미

곤충 채집 12

잠이 먼 밤에
어둠을 켜는 만돌린 소리
귀 시린 솔로를 혼자 듣는다

지난 가을 은퇴한
이제는 밤무대나 전전한다는
퇴물 가수의 재기곡일까?
곡은 내내 그 투인데
가사는 더욱 쓸쓸해진 소야곡

누가 듣거나 말거나
온몸으로 열창하는 메들리
그 애절한 사연이 밤을 저민다
사람벽 뚫는 언어의 드릴
어둠을 관통하는 서슬이여!

다음은 네 차례야!
갑자기 나를 지명한다면
나는 막상 무슨 노래 부른다?

마음 지레 으스스 춥다

누굴까? 끝내
제 신분은 숨긴 채
번역하기 애매한 동어반복으로
밤새 나를 세뇌시키는
저 자는 어느 별에서 온 공작원?
그만 네 정체를 밝혀라!

보았다, 이튿날 아침
변기에서 발견된 익사체 한 구
요단강 부표처럼 떠 있는
귀뚜라미 한 마리.

나 팔 꽃

하늘과 땅을 배접하는
담홍빛 파안대소가
미명을 말아 올려 환하다

누구든 붙들고 싶어
어디든 잡을 줄만 있다면
더 멀리 더 높이 오르고 싶어
눈먼 고집이 허공에 길을 낸다

하늘이 동했을까?
남의 집 추녀 밑에 깨금발 딛고
쭈뼛대던 조막손이 어럽쇼!
흰칠한 욕망의 덩굴손 뻗어 감히
푸른 하늘 움켜쥐고 오르는
오, 화려한 등극이여!

친애하는 민초 여러분,
나는 곧 길이요, 진리요, 생명이니라
세상을 향해 또 무슨 나발을 불든

오늘만은 다 곧이듣고 싶구나
옳소! 옳소! 박수 치고 싶구나

아슬아슬 줄타듯 살아온 생이
남몰래 별러온 질긴 야망이
졸지에 천하를 장악하듯 여봐라!
큰소리치는, 저 현란한 수사가
이 나이를 마구 가렵게 한다
너무나 통속적인 드라마처럼.

아지랑이

가파른 보릿고개 넘어
부황든 얼굴로 어질어질
동구밖 한길까지 따라와
눈물 그렁그렁 배웅하시던
어머니 ! 어머니 !
──어여 가, 내 걱정 말구
──가서 몸 성히 공부 잘허구
아직도 가물가물 손 흔드신다.

시읽기 1

아니, 이게 얼마 만인가?

술잔 마주 들어 쨍!

그래 그래 다시 한번 쨍!

잔 부딪는 소리 같은 詩 한 편

반갑게 재미있게 가슴 찡하게

참 오래 남는 숙취여!

시읽기 2

맥주에 양주 탄 듯
막걸리에 소주 탄 듯
마시면 골 때리는 폭탄주
성분이 아리송해 께름칙한 합성주
억지로 발효시켜 속 거북한 속성주
싱겁기가 뜨물 같은 동동주
마실수록 주체못할 식곤증이여 !
자고 나도 머릿속 띵한
그래도 술술술 술이 넘친다.

글 쎄 요

봄햇살 부풀어 느슨해지니
별의별 신출들이 제 이름 댄다
제비꽃 얼레지꽃 노루귀꽃 개별꽃
제 세상 만난 듯 낄낄거린다
꽃다지 꿩바람꽃 금붓꽃
저 잘난 멋에 겨워 호들갑떤다
최신 모드에 화장도 별난
저 당돌하고 눈부신 신세대 앞에서
나는 왠지 자리가 불편한 세대
요즘 애들 왜 그래?
머리칼 하얗게 센 할미꽃
절래절래 체머리를 흔든다
글쎄요!
피고 지는 꽃 사이에서
나는 선뜻 내보일 게 없는 나이
말대답도 궁하고 어정쩡하다
열매 속에 꽃 감춘 무화과처럼.

새해를 향하여

다시 받는다
서설처럼 차고 빛부신
희망의 백지 한 장
누구나 공평하게 새로 받는다
이 순백의 반듯한 여백 위에
무엇이든 시작하면 잘될 것 같아
가슴 설레는 시험지 한 장
절대로 여벌은 없다
나는 또 무엇부터 적을까?
소학교 운동회날 억지로
스타트 라인에 선 아이처럼
도무지 난감하고 두렵다
이번만은 기필코……
인생에 대하여
행복에 대하여
건강에 대하여
몇번씩 고쳐 쓰는 답안지
그러나 정답은 없다
그렇다면 나는 지금

재수인가? 삼수인가?
아니면 영원한 未知修인가?
문득 내 나이가 무겁다
창문 밖 늙은 감나무 위엔
새 조끼를 입고 온 까치 한 쌍
까작까작 안부를 묻는다, 내내
소식 없던 친구의 연하장처럼
근하 신년! 해피 뉴 이어!

제 3 부

이소당 시편

토종감 한 알

내 고향 후미진 당산마루에
늙은 감나무 한 그루
아직도 정정하게 우뚝 서 있다

허물벗듯 마을 떠난 사람들
아무런 소식도 없고
다시는 돌아오지 않는데
빈 까치집 한 채 품고 서 있다

추억처럼 먼 가지 끝에는
옜다, 이리 온! 하고 내밀 듯
빨갛게 농익은 토종감 한 알
모처럼 고향에 와서 보니
용서받는 아이처럼 마음 편하다

아, 그는 알고 있으리
감꽃 향내 자자한 보리누름에
내 할아버지 할머니 또는 증조부모가
이마를 맞대고 근심하던 가난을

여름날 이웃들이 그늘을 깔고 앉아
도란도란 나누던 눈물어린 애환을

이제 그만 돌아오라고
서릿발 빛나는 늦가을 문득
아스라히 먼 가지 끝에 켜놓은
저 빛부신 백열등 한 알
오늘 새삼 우러러보니
볼수록 따뜻하고 환하다

세상 다 살다 가며 남긴 건
이거요! 하고 번쩍 들어 보이는
마지막 등불 같은 시 같은
토종감 한 알!

행복한 난청

매봉산 정상 늘 푸른 노송잎
빗질하고 내려오는 솔바람소리
창법이 서늘한 선골풍이네
멀거니 홀로 듣는 동편제
끊길 듯 이어지는 진양조 다음
능치는 그 대목에 귀를 세우나
은유가 심해 자주 놓치네
송진 향내 물씬한 가야금 산조
햇살을 튕겨올려 물소리로 바꾸네
듣다보면 한 소절쯤 알 듯도 한데
저 아득하고 먼 득음
오며오며 남들이 다 들어버려
내 몫은 너무 작아 알아듣지 못하고
다만 산 아래 마을
목련꽃 터지는 소리만 보네
이야기는 버리고 음색만 읽는
이 행복한 난청 !

이소당 시편 1

대학 때 未堂 선생이 주신
아호에 집 堂자 붙여
近園이 써준 '耳笑堂'
걸고 나니, 가가대소
누옥 한 칸이 확 넓어진다
귀가 웃는 집인가?
귀로 웃는 집인가?
잠시 엿듣다 가는 바람
코로 웃어도 상관없는 집이다
머리 어깨 힘 빼고
허파에 든 바람도 빼고
몸 가두면 들린다
시계가 내 생을 좀먹는 소리
마음벽 쩍쩍 금가는 소리
벌어진 틈 다시 메우고
어혈 든 내 혼을 방생하는 집이다
혹시 그리운 사람 올까
가끔 귀 열어놓는다, 허나
허리 삔 바람소리 또 스산하니
문 닫고 귀로 웃는 집이다.

이소당 시편 2

먼 산에 눈 녹는 기척
산수유 꽃망울 벙그나 싶어
남향창 연다, 멀리
관악산 주봉이 이마를 들이민다
아직도 꽃샘추위 귀가 시리다
저 고집 풀린 마을엔
찬연한 슬픔 피어 있거나
쑥냄새 뭉클한 봄이 있으리
청하늘 문득 이웃처럼 가까워
귀를 쫑긋 세운다
어디선가 왈왈왈 개 짓는 소리
저런, 미친놈!
남향창 도로 닫는다
귀도 그만 닫는다.

이소당 시편 3

소 길러 등에 타고
서역 만리 길 가다 그만
소뿔에 받히고 뒷발에 채어
천길 낭떠러지 아래로 으악!
꿈 깨고 나도 머리 띵하다
허리 결리고 손발이 저려
오던 길 새삼 뒤돌아본다
번 것보다 흘린 것이 많구나!
가슴 치는 가을 빗소리
짐짓 마른 귀로 듣는다.

이소당 시편 4

길 내며 길 가기

백지 앞에 앉는다
풍경이 사라진 무구한 공간
아무도 밟지 않은 신새벽이다
정신 바짝 조이고 심호흡 다음
이제 막 첫발을, 그런데 막상
어디로 어떻게 가야 할지
앞길 참 막막한 여정이다
지평선 멀리 엿보이는 오로라
금세 닿을 듯 그러나 오리무중인
오아시스 찾아 사막을 간다
갈수록 아득하고 두려운 여백
이제는 내 육봉도 무거워
다 벗어 던지고 낙타만 끌고 간다
모랫바람 입 안에 서걱거리니
갈증은 더욱 심해 단내가 난다
별들도 하얗게 질려버린 砂丘엔
판독하기 어려운 전갈 문자들
내처 읽다 머리 핑 돈 자들도 보인다
예서 그만 돌아갈까 뒤돌아보면

기억 속 등불마저 꺼진 밤이다
사람 살려! 에스 오 에스!
이 나이에 가야할 길을 잃다니!
이렇게 얇은 백지에 갇혀
오도 가도 못하는 백치가 되다니!
어렵구나, 길 내며 길 가기.

이소당 시편 5

서울에도 섬이 있네
마음 닫고 彩色 감춘 섬
세상 살며 세상을 그리워하는
섬과 섬 사이에 바다가 있네

멀리 보면 같은 듯 그러나
꿈색깔 알록달록 서로 다른 섬
말과 말 사이에 그물이 있네
리아스식 해안 같은 그리움으로
상처 주고 상처 받는 섬들이 있네

희망의 저쪽은 왜 두려움일까?
인적 없는 숲속에 들면
시시비비 멧새소리 자지러지네
오호라, 이곳까지 지역 패권주의가……
나는 오늘 또 다친 섬이네

돈만 먹고 불통인
공중전화기

부르르 몸을 떠는 무인도
궁금하면 네가 오라! 나는 지금
쓸쓸한 내 무게로 가라앉는 섬이니.

이소당 시편 6

약도 그리기

지하철 4호선 타고 오시다가 총신대 입구역 또는 이수역
에 내리세요 태평백화점 방향으로 나와 과천 쪽 바라보며
걷다가 사거리에서 상도동 방향으로 우회전하세요 백오십
보 앞쯤에 육교가 보이고 그 끝단에 사당의원 끼고 도는
첫째 골목이 나오는데 그 길로 가면 지리산보살집과 오던
길이 다시 나오니 두번째 골목 가나안빵집을 끼고 우회전
하세요 곧 세진당약국 간판이 보이고 그 약국 앞에서 좌회
전하면 사람보다 가게가 더 많은 골목 인도와 차도가 따로
없는 길 과일장수 다음 야채장수 다음 생선장수 다음 두부
장수 다음 건어물장수 다음 옷장수 다음 신발장수들이 고
성능 확성기로 온 하루 '왔어요!'를 외쳐대는 길 따라 곧
장 올라오세요

제일교회 지나 성광교회 지나 새생명교회 지나 복음교회
지나 흰돌교회 지나 카쎈터 지나 순댓국집 지나 옷수선집
지나 분식집 지나 중국집 지나 시계포 지나 소주방 지나
비디오방 지나 머리방 지나 빨래방 지나 전파상 지나 지물
포 지나 문방구 지나 철물점 지나 양복점 지나 정육점 지
나 종합화장품점 지나 과일가게 쌀가게 신발가게 지나 이
발소 지나 한복집 체 내리는집 기름집 열쇠집 지나 복덕방

지나 세탁소 다음 남광약국 건물과 사층으로 나란히 지은
적벽돌집 이층 간판 없는 구석방 문을 노크하시면 곧 문이
열리고 마침내 주인보다 먼저 웃는 '耳笑堂' 현판.

이소당 시편 7

'시인이긴 한데
진실되지 못한 사람'
그 대목에 이르러 그만
'책장을 덮는다'는 시인과
'가슴 뜨끔했다'는 시인이
아직 이 세상에 있다니
천만 다행이다 고맙다
나 이제 배고파도 되겠다
좀더 순진해도 되겠다.

나 홀로 집에

아내는 아침 일찍 직장에 가고 아이들도 서둘러 학교에
가고 나 홀로 집에 남아 침묵과 논다 나는 사철 방학이므
로 지겨운 숙제도 없으므로 그래서 시간 늘 넉넉하므로 오
늘도 시간 팔아 침묵을 산다 저마다 사는 일이 초침처럼
바쁠 때 덩달아 마음 바쁜 나도 내쫓고 시 덮고 책 덮고
생각도 끈다 이따금 전화벨이 자지러져도 지금은 부재중이
니 메모를 남겨주시면…… 씻은 손 다시 씻고 나를 가둔다
갇힌 몸이 오히려 한가하고 편하니 헌 책장 넘기듯 나를
들춘다 이름보다 상처가 돋보이는 생, 報歲蘭 잎이 참 딱
하다는 듯 시퍼런 날을 세워 묻는다——네가 지금 그럴
나이냐?——그게 어디 밥 먹고 할 짓이냐? 허나, 생이
란 무릇 만지면 만질수록 때가 타는 법이니 오류 위에 오
류를 포개놓고 해질녘 뉘엿뉘엿 돌아가는 길이니 서둘지
말자! 멈추지 말자! 가다가 문득 그게 아닌데 싶어 연신
체머리를 흔들지라도 이 세상 길눈은 노인들이 더 밝다 먼
것은 안경을 벗어야 잘 보이는 눈 나도 이젠 도가 트려나
간 적 없는 산과 들 소문 밖 외딴섬이 보인다 섬기슭에 방
금 핀 동백꽃도 보이고 꽃술과 수작하는 벌 나비 소리까지
들린다 나 홀로 집에 남아 침묵과 놀다보면.

백두산 가는 길

나도 돌아서 갔다
돌아서 가는 길이 생생하고 가쁘다
장춘에서 밤도와 연길로 가는
열차도 숨이 차 열이 나는지
어둠을 한 켜씩 벗고 달린다
서서히 본색을 드러내는 산과 들
조붓조붓 웅크린 마을이며
낯익은 옥수수밭 호박밭이 환하다
하! 이곳에도 혈육이……
아무튼 살아줘서 고맙다
버스로 용정 스쳐 화룡현
청산리 들녘을 질러
二道白河 비포장도로 달린다
"붉은 기와지붕은 중국사람 집이고
흰 기와지붕은 조선사람 집이디요"
오! 흰 기와집! 더 많아서 반갑다
빈 소달구지가 해동갑하듯
느리게 내 유년을 싣고 가다 놓는다
함경도가 여기서 가까운가?

동행하던 물소리 문득 억양을 바꾼다
마음 뻗어 악수를 청하지만
퍼렇게 질린 나뭇잎들 손사래친다
'지금은 남의 땅!' 무거운 침묵이
짐짓 등을 떠민다, 해발 2천미터
장백폭포 아래 으스스 키를 낮춘
전나무 가문비나무 자작나무들
그 아래 엎드려 핀 범꼬리꽃 좀참꽃무리
휴거를 기다리는 이교도 같다
영산은 어디쯤일까? 천상으로 난 길이
꾸불꾸불 이어져 엄두가 안 나는데
아연 초록빛 고요가 나를 가둔다
내쳐 오던 길 까맣게 잊고
가야할 생조차 막막하고 두렵다.

백두산에 오르다

하늘 가장 가까운 영봉
고요한 명경 하나 품고 있을 뿐
저 홀로 고고한 민대머리다
맑고 찬 심연에 자신을 비춰
명성을 지우고 제 육신을 허문다
누구도 감히 깃들 곳 없는
예가 바로 空일까?
바람이 때로 등 떠밀며 묻는다
이 높은 데를 왜 올라왔노?
대답이 선뜻 궁하니
말을 일절 삼가고 생각도 턴다
정상에 뾰족 솟아 아찔한 기암
풍장을 기다리는 老高僧 같다
회오리바람 아제아제 바라아제
헹가래칠 듯 거칠게 분다
산에 올라 산 잊듯 나를 잊으니
몸이 붕 뜬다, 비로소 내가
한낱 티끌임을 알겠다
'知者動 仁者靜'을 이제 알겠다

한여름 햇볕인데 얇게 바래서
덮어도 추운 홑이불 같아
저 아래 두고 온 세상
문득 그립다, 하산하면 나 이제
백두에 올라 천지를 보았다고
함부로 발설하지 않으리라
그 자도 무조건 용서하리라
세상과 먼 영산에 오르니
세상으로 내려갈 길밖에 없다.

天池를 보다

나도 보았다
태초에 신이 지상에 숨긴
신성한 자궁을 보아버렸다
이승에서 숨쉬는 생은 일체
관람불가! 접근금지!
아찔한 옹벽 빙 둘러치고
울울창창 숲으로 가렸거늘
(왜 금하고 가린 게 더 궁금하지?
왜 금서가 더 읽고 싶고
금단의 열매가 더 먹고 싶지?)
죄짓듯 가슴 두근 산정에 올라
멀거니 훔쳐본 건 거대한 표주박
퍼렇게 일렁이는 양수다
하늘을 희롱하는 청동거울 속
장엄하고 빛부신 경악이다
사방으로 힘껏 밀어올린 산봉들
한창 물오른 젖무덤 같다
눈으로만 만져도 금세 터질 듯
차라리 눈을 감는다

억만겁 사무치는 그리움
얼마나 깊고 크길래, 저토록
싸늘하고 고요하고 눈이 부실까?
(안색이 진하면 태기가 있다던데……)
넘어선 안될 금줄을 넘어
보아선 안될 은밀한 수궁 속
신의 음부를 엿보았으니
나 오늘 기꺼이 벌받으련다!

가을 산행

청하늘 워낙 높고 고요하시니
우러러보는 것도 누될까 싶다
마침내 자중하는 가을산
그래도 난감한지 안색이 붉다
(솔직히 말하자면 누구나
스스로 낯뜨거운 삶이 있을 것)
저 공평한 가을볕에 내 생을 널면
마지막 얼룩은 무슨 색일까?
욕계일까 색계일까 무색계일까?
궁금한 생각이 山門을 민다
정상이 빤히 뵈는 지척 같은데
길은 오를수록 숨가쁘고 험하다
가파른 능선 먼저 오른 억새꽃
하얀 웃음소리 산을 흔든다
기척에 놀란 청설모 한 쌍
남은 해를 서둘러 꼬리로 잰다
덩달아 분주해진 마음 두리번
가을 숲을 엿본다, 와! 말년에 모여
너나없이 거나한 동창회 같다

중년에 돌연 풍 맞은 생처럼
열에 들떠 상기된 단풍나무 숲
저런! 온몸에 시너 끼얹고
지금 막 분신중인 산이 뜨겁다
오, 장엄한 다비식이여!
그 황홀한 화염 속에
내 정신 함께 던져 태우고
맨몸으로 가볍게 내려오는 길
잠시 올려다본 남녘 하늘 멀리
기러기떼 끼룩끼룩 저녁놀 몰고 온다
제 이름 밑에 언더라인 치듯
일렬 종대로 點點點 멀어져 간다.

벼락맞은 소나무

정선에 가서 보았다
몰운대 너럭바위 모서리
그 아찔한 벼랑 딛고 우뚝 선
삼백년생 옹고집을 보았다

모진 생을 구천에 박고
비바람 눈서리 능멸하는 노익장
마음 다 털고 가벼워진 손만이
하늘과 가장 가까운 법일까
낯선 새 한 마리 잠시
고개 갸우뚱 앉았다 날아간다

이상해라, 벼락이 천벌이라면
왜 하필 죄 없는 산촌을 때리고
어질게 숨어 사는 노구를 칠까
정작 맞을 사람 따로 있는 세상에

세월의 더께 낀 가지 쭉 뻗어
푸른 바람 솔솔 부채질하는

저 노송의 전생은 아마
평생 실패작만 쓰다 간 시인이거나
나 정말 은퇴했어! 하고 낙향한 정객?

그게 사실이라면
나도 그 문하에 들고 싶다
진짜 아류가 되고 싶다
하늘 아래 가장 큰 관작을 봉정하고
싸부님! 싸부님! 제게도 한 수……

벼락맞은 자리마다 욱신욱신
견고한 침묵의 옹이를 키워
날자! 날자! 네활개 펴고
지금 막 점프하려는
저 깨끗한 老慾.

제 4 부

개 별 꽃

겨울 만다라

대한 지나 입춘날
오던 눈 멎고 바람 추운 날
빨간 장화 신은 비둘기 한 마리가
눈 위에 총총총 발자국을 찍는다
세상 온통 한 장의 수의에 덮여
이승이 흡사 저승 같은 날
압정 같은 부리로 키보드 치듯
언 땅을 쿡쿡 쪼아 햇볕을 파종한다
사방이 일순 다냥하게 부풀어
내 가슴속 빈터가 확 넓어지고
먼 마을 풍매화꽃 벙그는 소리
들린다, 참았던 슬픔 터지는 소리
하얀 운판을 쪼아 또박또박 시 쓰듯
한끼의 양식을 찾는 비둘기
하루를 헤집다 공친 발만 시리다
아니다, 잠시 소요하듯 지상에 내려
요기도 안될 시 몇 줄만 남기면 되는
오, 눈물겨운 노역의 작은 평화여
저 정경 넘기면 과연 공일까?

혼신을 다해 사바를 노크하는
겨울 만다라!

개 별 꽃

1

올해 대학 간 딸애의
생활기록부 보호자 직업란에
나는 선뜻 '시인'이라 써준다
딸애는 시인이 무슨 직업이냐며
역정을 내듯 화이트로 지운다
다른 애들은 장관 사장 교수 군인
변호사 의사 또는 이사라고 썼던데……
하아, 그런데 나는
시인을 직업으로 알다니!
뭉개진 여백 다시 들여다본다
어느새 시인은 간 곳 없고
몸둘 바 몰라 허허허허 웃는 꽃
개별꽃만 하얗게 홀로 부시다

2

짐짓 국어사전을 펼쳐본다

——생계를 위해 일상적으로 하는 일
하아, 그런데 나는
직업을 시인이라 쓰다니 !
나는 그만 열쩍게 누워
이 나라 대가의 「자화상」을 읽는다
——애비는 종이었다
　　밤이 깊어도 오지 않았다
　　………………………………

　　어떤 이는 내 눈에서 죄인을 읽고 가고
　　어떤 이는 내 입에서 천치를 읽고 가나
　　나는 아무것도 뉘우치진 않을란다

　　　　3

개별꽃: 너도개미자리과에 속하는 다년초. 덩이뿌리는
하나로 태자삼이라 한다. 줄기는 가늘고 길지만 곧게 서
서 자란다. 잎은 마주 나며 밑부분이 좁고 날카롭다. 오
월에 긴 꽃줄기 끝에 흰 꽃이 한두 송이씩 핀다. 열매는
계란형으로 네 갈래로 갈라져 잘디잔 종자를 산출하며

우리나라 산지에 골고루 분포한다. 비위가 약하거나 허파가 부실한 사람에게 좋으며 사람의 심신을 튼튼하게 해주고 기력을 왕성하게 해주는 약효가 있다.

일명: 미치광이풀.

어떤 선문답

짐 벗는 어깨가 옹이처럼 얼얼한
남자 나이 쉰이면
고물일까?
퇴물일까?

꽃잎 진 자리가 상흔처럼 허전한
여자 나이 쉰이면
막장일까?
파장일까?

팔월 염천 쓰르라미 한 마리가
늙은 느티나무 가지에 붙어
쓰을 쓰을 쓰읍쓸 쓰읍쓸
온 하루 입맛 쓴 선문답한다.

시학 강의

대학에 출강한 지 세 학기째다
강의라니! 내가 무얼 안다고?
'시창작기초' 두 시간
'시전공연습' 두 시간
나의 주업은 돈 안되는 詩業이지만
강사는 호사스런 부업이다
매양 혀짧은 소리로
자식 또래 후학들 앞에 선다는
자책이 수시로 나를 찌른다
——시란 무엇인가?
——생이 무엇인지는 알고?
나도 아직 잘은 모른다, 다만
삼십년 남짓 내가 겪은 황홀한 자학
그 아픈 체험을 솔직히 들려줄 뿐이다
누가 보면 딱하고 어림없는 짝사랑
설명하기 무엇한 상사몽 같은
그 내밀한 시학을 가르쳐줄 뿐이다
——시란 무엇인가?
——그건 알아서 뭐 하게!

그게 정 알고 싶으면 너 혼자
열심히 쓰면서 터득하라!
그게 바로 답이니……
오늘 강의 이만 끝.

민들레 연가

볼장 다 본 사월도 막가는 하순
나무들 모두 꽃잎 진 상처마다
메롱메롱 푸른 혀를 내밀어
내 하초에도 용용 약오르는 날
홀연 다시 만난 여자여
노란 파라솔 생글생글 돌리며
내가 사는 아파트 단지까지 찾아온
늦바람난 시골뜨기 꽃이여
아직도 너는 화사하고 젊구나
늘씬한 키에 눈웃음 삼삼하고
간드러진 사투리도 여전하구나
그게 언제였더라?
고향의 동구밖 고샅길에서
남 몰래 가슴 두근 마지막 본 게
나는 인제 네 출신을 묻지 않으마
네 아픈 과거도 묻지 않으마
이번 생만으로도 나는 지쳤다
그리하여 네 깊은 씨방 속
그 아늑한 어둠속에 들어가

간절하고 빛부신 은유로 남고 싶다
내 가슴속 허허로운 뒤란엔
똑 너 닮은 딸 하나 낳아놓고
마실가듯 이승을 뜨고 싶다
육신을 허물어 중심에 들 듯
하얀 털모자 벗어 흔들며
너와 함께 두둥실 세상 밖으로.

고   백

저 지난 가을 어느날
야생의 너와 만나던 순간
나는 대뜸 첫눈에 반했다
휘는 듯 곧고 푸른 절개와
새침한 듯 서늘한 자태가 좋아
내 마음속 빈터에 너를 심었다
허나 너는 삼동 내내 언 가슴 닫고
말을 일절 삼가고 침묵하더니
연둣빛 유두 하나 내놓고 또다시 침묵
내 깊은 心處에 그리움만 키웠다
그리움도 터지면 꽃이 되는가?
별러온 사랑 오늘사 고백하듯
혼신으로 피워내는 명명한 절창
청향 진한 몸내로 세상을 여는
오, 이름없는 춘란꽃이여!
(나는 너무 쉽게 시를 써왔다)
그래 너는 얼마나 아프냐?
일생을 한마디로 요약하는 게
얼마나 쓸쓸하고 서러운 축복이냐?

나는 당장 네 꽃술 속에 들어가
남은 생을 수펄처럼 잉잉잉
내가 대신 아프고 싶다
네 슬픔 골라 읽는 애독자처럼.

반 딧 불

곤충 채집 13

내 가슴속 어두운 방에
반딧불 하나 키웠으면 좋겠네
낮에는 풀잎 뒤 이슬로 숨었다가
밤이면 초롱한 눈빛으로 나를 깨우는
가장 절실하게 빛나는 언어가 되는
더러는 꽃이 되는 원죄가 되는

나 눈 번히 뜨고도 세상 어두워
지척을 분간하지 못할 때
아차! 발 삐끗 미망 속을 헤맬 때
반짝반짝 나만 아는 신호를 보내는
먼 그리움 같은 반딧불 하나
아무도 모르게 가졌으면 좋겠네

내 영혼의 배터리가 다 닳아
삶이 시큰둥 깜박거릴 때
온몸을 짜릿짜릿 충전해주는
그 은밀한 사랑, 그게 혹
황홀한 고통의 마약일지라도

나는 죄짓듯 기꺼이 음독하겠네

손만 대면 확! 뜨겁게 점등하는
알전구처럼 성감대가 민감한
반딧불 하나 환히 켜졌으면 좋겠네
쓸쓸하고 어두운 나의 빈방에.

직소폭포

가시려면 부디 몰래 가시라
훔쳐보는 현장이 더 생생하니
추측은 버리고 혼자 가시라
숨겨둔 내연을 만나러 가듯
내소사로 가는 척 그 길 버리고
슬그머니 좌로 꺾어 인적 드문 길
그림자도 버리고 몸만 가시라
한식경쯤 당도하는 재백이고개
잠시 땀 닦고 심호흡 다음
무위에 들 듯 어슬렁 숲길로 들면
풋풋한 처녀림이 몸 받아준다
물 젖은 흙살의 뭉클한 쿠션
갈수록 마음 온통 음란해져서
누가 볼까 두려워 빨리 걷는다
냇물에 얼비치는 은피라미떼
고사리 새순이 조막손 펴니
지레 놀란 햇살이 부서져 튄다
오솔길을 사이에 두고 내외하던
관음봉과 옥녀봉이 아뿔싸!

왜 하필 예서 붙어 길을 지울까?
막상 벼랑 위에 서서 보니 알겠다
은밀하고 속 깊은 사랑이란
저 아찔한 절벽도 서슴지 않는
숨길 수 없는 본능의 그리움인가
화음인가 아니면 가벼움인가
팽팽한 물기둥이 좌 그 아래 누운
용소의 중심을 정확히 내리꽂자
온산이 신음하듯 몸을 뒤튼다
오, 사방을 제압하는 물 맑은 잠언
서늘한 일갈을 들어보니 알겠다
물은 속으로만 스미는 게 아님을
때로는 타협을 거부하고 일사천리로
세상의 귀를 뚫는 직언도 있음을.

선운사 동백꽃

오늘은 내내 소문만 듣던
해마다 벼르다가 미처 못 가본
선운사 동백꽃 보러 나섰습니다
(소문의 저쪽은 왜 늘 그리움인가?)
고속도로 좌우로 비탈진 산허리엔
한물 간 개나리 진달래 산벚꽃 들이
잠 덜 깬 얼굴로 배웅하지만, 대충
목례나 보내며 직행으로 달렸습니다
(환상은 왜 실제보다 더 화려한가?)
낯선 풍경을 차창으로 으깨며
김제 지나 태인 지나 정읍서 꺾어
한가롭게 내지른 국도로 접어드니
산과 들과 마을이 제자리잡고
무엇이나 움트는 게 보이더군요
시냇가에 밭둑에 논두렁길에
방금 핀 들꽃들의 자잘한 웃음소리
더 생생하고 가깝게 들리더군요
내심 연모해온 그대 만나러 가듯
선운사 동백꽃 보러 가는 길

앞만 보고 내처 달리다보니
마음이 먼저 붉게 젖었더군요
복분자술 탓인가, 춘정 탓인가?
정작 선운사 동백꽃은 못 보고
붉게 터져 선혈이 낭자한 상처
노골적인 색정만 보았습니다
입술색 너무 황홀하고 야하여
온몸이 후끈 달아 넋놓고.

평해의 달

김명인 시인네 고향집
울진군 평해 남산 위에 뜬 달은
휘영청 유독 크고 밝았다
천궁 향내 그윽한 마당에 자리 깔고
우리는 밤늦도록 술 마시고 놀았다
먼저 취한 일행은 들어가 자고
시골내기 김명인 김윤배 나와 달은
나이도 잊고 팬티 바람으로
계속 술 마시며 노래 불렀다
모기들이 앵앵앵 반주를 넣고
저마다 기억나는 노래는 모두 불렀다
천하에 음치인 나의 노래도
평해의 달은 끝까지 경청해주었다
고희를 훌쩍 넘긴 김명인의 자당도
녀석들 참 귀엽게 논다는 듯
불 꺼진 방에서 홀로 지켜보셨다
안주로 내온 영덕게 발가락이
장단을 맞추고 도라지 꽃내 싸한 밤
무화과는 달빛에도 누렇게 익었다

노래가 바닥난 새벽녘에야 우리는
홀랑 벗고 바께쓰에 샘물 받아
통째로 좍좍 뒤집어썼다
앗, 차거! 진저리치며 낄낄거리며
보름달이 내내 지켜보는 가운데.

피 사 리

나는 오늘 피를 보았다
옹색하고 작으나 애써 일궈온
내 생의 논에서 피를 보았다

남들은 진작 나더러 피와 벼를
못 가리는 헛농사라고 충고도 했지만
나는 학명이 같다고
피도 벼과라고 우기며 그냥 친했다

헌데, 본은 역시 못 속이는가
가을인데 아직도 여물지 않고
제 분수도 모르고 우쭐대는 피라니!
성호를 긋는 척 벼를 치고 짓밟고
남의 농사나 망치는 피라니!
(이젠 제 농사도 망치리라)

초록은 동색이라고
피와 벼를 구분하지 못하고
세상 너무 단순하게 보아온 내 눈을

피사리하듯 그만 뽑아버리고 싶다

벼멸구도 안 먹는다는 피를
기껏 새모이밖에 안되는 풀씨를
이때껏 벼로 알고 땀 흘려 경작하다니 !
(피는 병충에도 강했다)

나는 오늘 비로소
지독한 제초제를 뿌리며
평생의 논을 갈아엎는다
내 탓이요 내 탓이요 가슴을 치며.

말

말이 나왔으니 말이지만
말이 말을 부르고 그 말이 서로 붙어
말새끼를 낳고 그 새끼가 자라서
말장난을 치고 혹은 말썽을 부리고
말발이 더욱 세져 거짓말을 낳고

천제 환인은 환웅을 낳고 환웅은 단군을 낳고 단군은 김
이박강조최정윤임한신장오서권씨…… 할아버지의 할아버지
의 할아버지를 낳았듯 아브라함은 이삭을 낳고 이삭은 야
곱을 낳고 야곱은 유다와 그의 형제를 낳고 유다는 베레스
를 낳고 베레스는 헤스론을 낳고 헤스론은 람을 낳고 람은
혹시 람보를? 랭보를?

발 없는 말이 천리를 가고 말을 보태 돌아온 말이
말꼬리 잡고 늘어지는 말끝에 게거품을 무는 말
정치가 거짓말을 낳고 거짓말이 상술을 낳고
상술이 우롱을 낳고 우롱이 공룡을 낳는 세기말

어디서 슬쩍해온 말들을 꼭꼭 씹지도 않고

모던하게 비틀고 쎅시하게 뒤집어
함부로 내뱉는 말은 얼마나 비위생적인가?

따분해! 우리를 뛰쳐나온 암말들이
경마장으로 문화쎈터로 유원지로 싸다니며
히히힝 힝야힝야 여가를 선용할 때
재갈 문 숫말들은 죽어라 트랙을 돌 때
속에서 부글부글 끓는 말, 말도 마!

이왕 말이 나왔으니 말이지만
말과 말이 온 세상을 풍화시킨다
갈기를 세운 말이 흙먼지를 피우듯.

낮   달

어느날 관악산 등반길에서
우연히 마주쳤던 얼굴 하나
어디서 본 듯한데 생각이 안나
그냥 지나쳤던 내 또래 사내
오늘은 종로에서 다시 보았다

고향에서 올라와 헤어진 후로
명문대 나와 머리 좋고 성실해
오너의 오른팔로 잘 나간다던
노상 바빠 모임에도 통 안 보이던
중학교 동기생 닮은 저 사내

대관절 어디 가는 길일까
머리칼 알맞게 희끗희끗 빛나고
양복차림 말쑥한, 그러나
뒷모습 좀 야위고 어깨 약간 흰
사내 혼자 두리번 천천히 걸어간다

너도 명예 퇴직이니?

아니면 용도 폐기된 거니?
그래? 알아서 용퇴했다고!
하릴없이 서쪽으로 기우는 보행
어! 그 길 다 가면 거기가 난지도야!

제 날개로 가려도 등이 시린 새
어느덧 반편이된 친구여, 너도 이젠
마음으로 세상 볼 나이가 됐니?
백주에 빈 하늘 홀로
떠도는 낮달.

가을 숲

우울증에 시달리는 갱년기
다냥한 햇볕 받아 신열이 도는
졸참나무 잎들이 발그레하다
생을 완성한 자의 침묵은 왜
저렇듯 쓸쓸하고 무거운 듯 환할까
내 맨숭한 갱년의 색신을 끌고
가을 숲에 들어가 깨치고 싶다
새파랗게 우쭐대던 욕망과 꿈도
한 시절만 접었다 펴면, 저
단풍든 잎처럼 낯뜨거운 법일까
상기된 옻나무들 슬슬 옷 벗기 시작
내 마음 여린 어느 갈피가 근질거린다
다람쥐가 꼬리로 지휘봉을 흔드니
노란 들국꽃 하늘하늘 상모 돌리는
가을 숲 깊이 몸 들이민다, 문득
제 가슴 쥐어짜는 늦털매미 소리
듣자 하니 선뜩선뜩 귀가 시리다
오직 저 한 소절을 위하여
땅속에서 칠팔 년을 근신했다지 ?

그럼 저 소리는 울음인가, 노래인가?
허나 나의 시, 나의 생은 늘
솔직한 말의 뼈를 깎다가 아차!
밑둥까지 깎아버려 나이테만 들켰지
이젠 서서히 입성을 벗고 싶다
나이들며 곱게 늙는 가을 숲처럼
조금은 화려하고 쓸쓸히
안녕! 안녕! 손털고 싶다.

문장대에 오르다

1. 山 下

정말 세상과 멀어 俗離山일까?
내심 뇌까리던 미혹이 일주문 통과하며
뚝 끊어진다, 여기가 도량이요 땡그랑!
게송처럼 낭랑한 풍경소리가
머뭇대는 내 행색을 쥐고 흔든다
마음은 솔깃하여 경내로 드나
몸은 슬쩍 곁길로 빼 내쳐 걷는다
등산로 아래 눈 시린 호수 하나
길게 누워 하늘 받는 산색시 같아
나도 옷 벗고 첨벙! 범하고 싶다
俗離는 그래서 멀다는 걸까?

2. 山 中

참나무며 장송들 우쭐우쭐 차일 친
오솔길 따라 동행하는 물소리
서늘한 귀엣말에 마음 온통 젖는다

洗心亭 지나 脫骨庵에 이르니 아연,
짙푸른 성욕처럼 숲 그늘 깊어
사방이 어둑하여 가던 길을 놓친다
내 생은 노상 그 지경에서
저 칡넝쿨처럼 스스로 얽혀 맴돌다
온채가 무너지던 기억도 있지
한낮에도 두리뭉실 안개를 피워
본색을 숨기려는 말꼬리를 쫓다가
나도 그만 안개가 되어 눈을 삐기도 했지

3. 山 頂

산정은 대관절 어디쯤일까?
비알진 능선은 오를수록 숨이 차
육신이 마냥 짐스럽고 무겁다
가파르지 않은 생이 어디 있으랴
멈추지 마라, 내내 박수 치며 따라온
물소리는 내려가고 나는 오른다
이윽고 세상과 먼 푸른 적막 속

나 이제 비로소 속리에 들어
말을 모두 버리니 몸이 가볍다
행여 사람을 만날까봐 두려운
이 요요한 산길 울울한 숲속
어느 행간에 무슨 글월 감추어
문장대라 하는가? 나는 단 한줄의 시에도
내 전생을 걸만큼 치열했던가?
헐레벌떡 정상에 올라 내려다본
저 아래 세상 너무 까마득하여
두고 온 사람 하나 문득 그립다
야— 호! 야— 호!

탈속과 통속 사이의 길

임영조, 세속 도시의 음유시인

남　진　우

　삶에 대한 고전적인 비유 가운데 하나로 '길'을 꼽을 수 있다. 삶이란 길 위에서 길을 가며 길을 만들어나가는 과정에 다름아니다. 그 길은 출발점에서 도착점까지 일직선으로 뻗어 있는 길일 수도 있고 떠나온 지점과 도달한 지점이 맞물린 원환의 궤적을 따라가는 길일 수도 있다. 혹은 시작도 끝도 없이 무한히 갈라져나가는 길들로 이루어진 미로일 수도 있다. 임영조는 한 시편에서 다음과 같이 '길 가기'의 어려움을 토로하고 있다.

　　예서 그만 돌아갈까 뒤돌아보면
　　기억 속 등불마저 꺼진 밤이다
　　사람 살려 ! 에스 오 에스 !
　　이 나이에 가야할 길을 잃다니 !
　　이렇게 얇은 백지에 갇혀
　　오도 가도 못하는 백치가 되다니 !
　　어렵구나, 길 내며 길 가기.
　　　　　　　　　——「이소당 시편 4」 부분

인용한 시에서 길은 실제의 길이면서 세상살이와 글쓰기라는 또다른 의미를 껴안고 있다. 길을 가는 것은 '세계-내-존재'로서 인간이 자신의 삶을 영위해나가는 것인 동시에 막막한 백지를 앞에 두고 힘겹게 언어의 성채를 쌓아나가는 것이기도 하다. 있는 길을 단순히 걸어나가는 것이 아니라 없는 길을 만들어내면서 가야 하는 데에 길 가기의 어려움이 있다. 선험적으로 예정된 길은 없으며 각자는 자신의 몸을 던져 자신의 운명을 완성시켜나갈 수밖에 없다.

임영조에게 길은 두 가지 방향으로 열려 있다. 그 하나가 세상으로부터 벗어나 소요와 관조의 경지에 침잠하는 것이라면 다른 하나는 오히려 세상 속으로 깊숙이 들어가 세상과 살을 섞는 것이다. 그는 한편으로 일상으로부터의 탈출과 은둔을 꿈꾸면서도 다른 한편으로는 세상과의 통정, 일상과의 직접적이고도 구체적인 만남을 바라고 있다. 다시 말해 이 시인이 가고자 하는 길은 탈속과 통속의 경계에 위치해 있다. 그는 세속으로부터 벗어나고자 하는 만큼 세속과 통하고 싶은 욕망을 감추지 않는다. 하지만 그렇다고 해서 시인의 정신이 이러한 상반된 지향성을 갖는 욕망 사이에 찢겨 있는 것은 아니다. 시인의 연륜이 말해주듯 그는 이 양자를 적절히 중화 통합시켜 이를 오히려 삶의 활력으로 삼는 재기를 보여주고 있다. 그의 시에서 우리가 맛볼 수 있는 것은 분열증을 극단까지 밀고 나아감으로써 얻어지는 고뇌의 치열성이 아니라 세상살이의 쓰고 단 맛을 두루 거치고 난 뒤 얻은 마음의 평정과 중용의 지혜에 가깝다. 탈속과 통속 사이에서 여유롭게 노니는 시인의 초상을 우리는 다음 구절에서도 확인하게 된다.

사람이 그리운 날
사람을 멀리하고 산에 오른다
오르면 오를수록 산봉은
짙푸른 색정만 상승하는 곳
색이 공일까? 공이 색일까?
이 세상 날고 기던 목숨들
종당에는 산으로 가기 마련
그러니까 등산은 사전답사 같은 것?
인파 넘치는 관악산 피해
매봉에 올라 야호! 고함 한번 지르고
다시 청계산 올라 天空을 받는다
그제서야 법어로 돌아오는 메아리
네가 산이다! 네가 부처다!

———「봄 산행」부분

　산을 오른다는 것은 일반적으로 지상에서의 평상적인 삶의 리
듬에서 벗어나는 것을 의미한다. 그러나 위 시에서 우리는 사람
이 그리운 날 사람을 멀리하고 산에 오른다는 역설과 마주치게
된다. 그러나 그 역설은 다시 한번 반전되어 인적이 드문 산정
으로 올라갈수록 "짙푸른 색정"만 상승한다는 도착된 정황 묘사
를 낳는다. 그리하여 색이 공이고 공이 색이라는, 이제는 죽은
수사에 불과한 불교적 화두가 새삼 그 적실성을 얻게 된다. 산
행의 길은 환속의 길과 정반대되는 것 같으면서도 실은 하나로
이어져 있다. 일상과 전혀 격절된 별천지에 산이 있고 시적 화
자와 준별되는 존재로서 부처가 있는 것이 아니라 그가 곧 산이
며 부처이다. 탈속과 통속, 색과 공은 이처럼 상극의 대치점을
이루지 않고 서로 통하며 부단히 그 모습을 바꾸는 것으로 드러

난다.

임영조의 시에서 공(空)의 세계, 즉 탈속의 경지를 시사하는 이미지로 흔히 등장하는 것이 '높은 산'이나 '외딴섬'이라면 색(色)의 세계, 즉 일상적 삶을 대변하는 이미지로 자주 나타나는 것이 꽃(식물)과 곤충이다. 전자가 정신적 희구의 대상으로서의 상징성을 갖는다면 후자는 동일한 평면에 거주하며 화자와 희노애락을 같이하는 알레고리적 존재들이다.

먼저 전자를 살펴보도록 하자. 시인은 "헝클어진 마음"을 빗고 싶을 때, 또는 "사람 냄새"가 더 이상 견딜 수 없을 정도로 싫어졌을 때 높은 겨울 산이나 외딴 절해고도를 찾는다.

> 1) 눈 오다 그친 일요일
> 흰 방석 깔고 좌선하는 산
> 아무리 불러도 내려오지 않으니
> 몸소 찾아갈 수밖에 딴 도리 없다
> 가까이 오를수록, 산은
> 그곳에 없다, 다만
> 소요하는 은자의 처소로 남아
> 오랜 침묵으로 品을 세울 뿐
>   <중략>
> 귀뺨을 때리는 눈보라여!
> 단지 헝클어진 마음이나 빗으러
> 겨울산을 오르는 나는
> 리얼리스트인가?
> 로맨티시스트인가?
> 그것이 알고 싶어 산에 오른다.
>
>   ——「겨울 산행」 부분

2) 나도 그 섬에 가고 싶다
마음속 집도 절도 버리고
쥐도 새도 모르게 귀양 떠나듯
그 섬에 닿고 싶다

간 사람이 없으니
올 사람도 없는 섬
뜬구름 밀고 가는 바람이
혹시나 제 이름 부를까 싶어
가슴 늘 두근대는 *絶海孤島*여!

나도 그 섬에 가고 싶다
가서 동서남북 십리허에
해골 표지 그려진 *禁標碑* 꽂고
한 십년 나를 씻어 말리고 싶다

──「孤島를 위하여」 부분

1)에서 겨울산은 은자의 처소이며 대자대비한 보살이다. 산에 오르면서 화자는 "귀가 맑게 트이는 법열"을 느낀다. 구름은 푸른 하늘에 "수묵을 치"고 있는 중이며 솔방울은 산이 그에게 내린 "잘 마른 화두"로 여겨지고 새들의 지저귐은 "山經을 읽는 소리"로 들려온다. 삼라만상은 소수의 선택받은 사람에게 전해줄 오묘한 비의를 간직하고 있으며 화자는 그것을 해독하는 임무를 부여받고 있다. 그는 "들어도 모를 난해시 같"은 대자연의 숨은 뜻을 풀어냄으로써 자신의 정체성을 찾고자 하는 것이다.

2)에서의 절해고도 역시 속세와 멀리 떨어진 성스러운 공간

을 표상한다는 점에서 겨울 산과 마찬가지의 의미를 품고 있다. 그 섬은 "간 사람이 없으니／올 사람도 없는" 무인지대이며 해골 표지의 금표비가 꽂힌 금단의 구역이다. 그러나 그 섬은 어느 먼 해도상의 한 점으로 표시되는 존재가 아니라 화자의 내부에 존재한다. "면벽 100일！" 끝에 자기 자신이 곧 들어올 문도 나갈 문도 없는 벽이라는 사실을 알게 된 화자가 스스로의 내면에서 찾은 절벽섬인 것이다. 그 외딴섬에서 화자가 하는 일은 스스로를 씻어 말리는 정화 작업이다. 그는 "옷 벗고 마음 벗고" 나중엔 "사람 냄새 싹 가신 等神" 혹은 "눈으로 말하고／귀로 웃는 달마"가 될까보다라고 짐짓 능청을 떤다.

시인은 이처럼 세상과 단절된 순수와 고립의 순간을 고대하지만 이것이 자폐적 진공 상태로의 몰입을 가져오지는 않는다. 그는 세상과의 유대, 인간들간의 교감을 절대 포기하려 하지 않는다. 그는 내면으로의 회귀와 세상에 가까이 다가가고자 하는 상반되는 노력을 동시적으로 수행해나가고 있다. 그래서 그는 「봄 산행」의 마지막 행에서 뻐꾸기 울음소리를 "이제 그만 환속하라고"라고 번역해 들려주는가 하면, 「백두산에 오르다」에선 "세상과 먼 영산에 오르니／세상으로 내려갈 길밖에 없다"고 말하고, 또 「문장대에 오르다」에선 "저 아래 세상 너무 까마득하여／두고 온 사람 하나 문득 그립다"라고 토로하고 있다. 가는 것이 돌아옴이며 올라감이 내려옴인 것이다.

이는 그의 시에서 중요한 비중을 차지하고 있는 웃음의 역할을 상기해보면 한결 자명하게 도출된다. 인용한 「겨울 산행」이나 「孤島를 위하여」에서도 드러나는 바와같이 그의 시는 일상으로부터의 떠남을 그리는 순간에도 공동체적 삶에 대한 애정을 동반하고 있다. 이 시인의 작품이 정신주의 계열의 시가 항용 빠져들곤 하는 엄숙주의나 경건주의로의 일방통행에서 빠져나와 빛과 어둠, 선과 악, 성과 속의 양면으로 이루어진 삶의 전체성에 보다 근접할 수 있는 것은 바로 웃음의 미학 덕분이다. 그의 시는 비장하고 진지한 장면을 포착한 순간에도 그의 특장 중의 하나인 해학과 풍자, 말놀이(pun) 등을 적절히 활용함으로써 무거운 분위기에 압도되지 않고 경쾌한 웃음을 유발하는데 성공하고 있다. 이는 그가 대상에 대한 비꼼이나 비판을 행하고자 하는 순간에도 세상에 대한 선의를 버리지 않기 때문에 가능한 것이다. 그는 삶의 희극성을 받아들이고 인간적 약점이나 과오를 솔직히 시인함으로써 한결 폭넓은 세상읽기를 보여주고 있다. 체험의 두께를 가로질러 솟아오른 착상과 무미한 듯하면서도 감각적 날렵함이 깃든 시어들로 짜여진 그의 시는 우리로 하여금 삶의 본질을 재발견토록 한다.

이처럼 탈속과 통속이 궁극적으로 서로 다르지 않으며 색과 공이 하나라는 인식은 정신적 동경의 대상인 높은 산을 등반하는 것에서 초탈의 성스러움만이 아니라 어울려 사는 삶에 대한 무한한 긍정을 읽어내도록 만든다.

> 더위먹은 수캐처럼 헐떡거리며
> 내가 여름 산에 당도하니
> 산은 이미 막달 찬 임부였다
> 간밤에 내린 비로 뒷물 막 끝낸
> 서늘하고 향긋한 몸내
> 홀리듯 계곡으로 몸 들이민다
> <중략>
> 예라, 웃통을 홀랑 벗고 내가 눕는다
> 누워서 산을 받는 이 쾌감!
> 왜 몰랐을꼬? 이 손쉬운 열락을!

이 다음 나 세상 뜰 때도
옳거니, 무릎 치듯 문득 떠나리

　　　　　　　　　　——「여름 산행」 부분

위 시에서 여름 산행은 여성의 육체로 나타난 여름 산과의 성교로 비유되고 있다. 산은 육체성 물질성을 거부한 채 고고한 높이를 자랑하는 초월의 상징이 아니라 비속할 정도로 육체적 본성에 충실한 성애의 대상으로 나타나고 있다. 그래서 화자 역시 쾌감과 열락에 들떠 산과 살을 섞는다. 창백한 순결성보다는 풍요로운 생산성을 더 예찬하는 시인의 이러한 심리는 자연과의 합일이란 전통적 주제에 새로운 활력을 불어넣고 있다. 세상으로부터 떨어져나와 내면의 처소 깊숙이 은거하고 싶은 욕망이 거셀 그만큼 세상 속으로 나아가 세상과 한몸이 되고 싶은 욕망 또한 강화된다. 통속이란 결국 세상과 통정하고자 하는 마음의 움직임이며 이는 당연히 관능적인 분위기를 불러들인다. 그래서 시인은 민족의 영산인 백두산에 올라 천지를 바라보면서도 그것을 거대한 신의 자궁으로 상상하며,

나도 보았다
태초에 신이 지상에 숨긴
신성한 자궁을 보아버렸다
이승에서 숨쉬는 생은 일체
관람불가! 접근금지!
　　　　<생략>
넘어선 안될 금줄을 넘어
보아선 안될 은밀한 수궁 속
신의 음부를 엿보았으니

나 오늘 기꺼이 벌받으련다!

──「天池를 보다」 부분

　문장대를 오르면서는 "등산로 아래 눈 시린 호수 하나／길게 누워 하늘 받는 산색시 같아／나도 옷 벗고 첨벙! 범하고 싶다"라고 노래하고 또 "洗心亭 지나 脫骨庵에 이르니 아연,／짙푸른 성욕처럼 숲 그늘 깊어／사방이 어둑하여 가던 길을 놓친다"(「문장대에 오르다」)고 언급한다. 자연을 인간화하고자 하는 화자의 욕망은 자연히 에로스의 언어를 직조하게 된다. 자연은 그를 향해 몸을 열고 그는 자연 속에 용해된다. 그는 자아와 대상의 합체 및 그로 인한 자연과의 혼연일체감을 꿈꾼다. 관능으로 불타오르며 한몸이 되고자 열망하는 것은 산만이 아니다. 폭포 또한 욕망의 충일성을 전신으로 구현하고 있다.

　　오솔길을 사이에 두고 내외하던
　　관음봉과 옥녀봉이 아뿔사!
　　왜 하필 예서 붙어 길을 지울까?
　　막상 벼랑 위에 서서 보니 알겠다
　　은밀하고 속 깊은 사랑이란
　　저 아찔한 절벽도 서슴지 않는
　　숨길 수 없는 본능의 그리움인가
　　화음인가 아니면 가벼움인가
　　팽팽한 물기둥이 좌 그 아래 누운
　　용소의 중심을 정확히 내리꽂자
　　온산이 신음하듯 몸을 뒤튼다

──「직소폭포」 부분

그에게 자연은 언제나 다가가 안길 수 있는 곳, 그의 욕망을 다소곳이 받아주는 처녀지로 인식된다. 여기서 관능은 그러나 단순히 일차원적 욕망의 발산이 아니라 주체들간의 참된 교류라는 의미를 함축하고 있다. 그의 방탕은 육욕의 소산이 아니라 자아의 확장의 결과이다. 그는 번잡한 세상살이의 구속에서 벗어나 단독자의 고독을 향유하길 바라는 만큼 다른 사람과의 친근한 만남과 열린 마음끼리의 소통을 희구하고 있다. 그의 「이소당 시편」 연작에서 진하게 묻어나오는 것은 사람에 대한 그리움, 다시 말해 타인의 기척에 민감하게 반응하는 시인의 여린 마음씨이다. 그의 몸은 좁은 방에 갇혀 있으되 그의 귀는 벽을 넘어 바람이나 소리를 타고 전해오는 소식을 향해 활짝 열려 있다. 그런 의미에서 '이소당'은 "누옥 한 칸"이고 "마음 닫고 彩色 감춘 섬"이자 "무인도"지만 이러한 공간적 한계를 벗어나 우주 전체로 확산된다. 그가 '약도 그리기'라는 부제가 붙은 「이소당 시편 6」에서 불특정 다수를 향해 다음과 같이 간절하게 자신의 누옥으로 초대하는 전문을 띄워 날리는 것은 그가 얼마나 사람 사이의 정을 소중하게 여기는 사람인가를 말해주고 있다.

지하철 4호선 타고 오시다가 총신대 입구역 또는 이수역에 내리세요 태평백화점 방향으로 나와 과천 쪽 바라보며 걷다가 사거리에서 상도동 방향으로 우회전하세요 백오십보 앞쯤에 육교가 보이고 그 끝단에 사당의원 끼고 도는 첫째 골목이 나오는데 <중략> 신발가게 지나 이발소 지나 한복집 체 내리는집 기름집 열쇠집 지나 복덕방 지나 세탁소 다음 남광약국 건물과 사층으로 나란히 지은 적벽돌집 이층 간판 없는 구석방 문을 노크하시면 곧 문이 열리고 마침내 주인

보다 먼저 웃는 '耳笑堂' 현판.

이 시에서 볼 수 있듯이 시인은 여러 작품에서 일상적 삶에 대한 소박한 수락과 생명 가진 것들에 대한 하염없는 애정을 형상화하고 있다. 삶의 온기가 회박한 산이나 절해고도와 달리 이곳에선 살아 숨쉬는 것의 명암과 질감이 구체적으로 파악된다. 시인의 이런 마음을 잘 나타내주는 이미지가 바로 꽃과 곤충이다. 이들 이미지는 임영조의 식물도감과 곤충도감을 가득 채우고 있으면서 미소한 존재들이 내장하고 있는 크나큰 지혜를 암시해주고 있다. 탈속의 세계 반대편에 위치한 통속의 세계의 거주민인 이들 존재가 우선적으로 보여주고 있는 것은 자기보존을 위해 허위와 침탈을 일삼는 삶의 부정적인 양상들이다. 예컨대 '곤충 채집'이란 부제가 붙은 일련의 연작 가운데 상당수의 작품이 간교한 처세와 교언으로 생을 꾸려나가는 존재들을 겨냥하고 있다. 임영조의 곤충우화집이라 부를 수 있는 이들 시에서 시인은 진정성을 상실한 채 시류에 따라 변신을 거듭하며 사는 사람들의 문제성을 해학적으로 보여주고 있다.

초록은 동색이렷다
온몸에 보호색을 두르고
한평생 남의 몸에 빌붙어
굽실굽실 자질하다 가는 생
한치 앞도 못 보는 주제에
하, 그것도 재주라고
높게 낮게 포복하는
저 풍신 좀 봐라!
먹이가 있는 곳에 벌레가 꾀고

벌레의 탐욕이 기교를 깐다

　　　　　　　　　　——「자벌레」 부분

제법 멋진 날개옷에
빤질빤질 윤나는 상판대기로
예고 없이 날아드는 건달놈
온갖 증오와 저주를 한몸에 받지만
언제 어디서나 목숨을 걸고
신출귀몰하는 유물론자다
희롱인지 재롱인지
아무나 붙들고 참견하기 잘하는
오, 성가신 친구여,

　　　　　　　　　　——「파리」 부분

　보호색의 도움을 받아 남의 몸에 빌붙어 사는 인생인 자벌레
는 "징그러운 식충"이며, "핥고 빨고 씹고 뱉다 물리면／손 털
고 날아가면 그만인" 파리는 탐욕의 덩어리다. 그래서 그들은
화자에게 경멸을 자아내며 그들을 그리는 화자의 어조는 신랄하
기 이를 데 없다. 마찬가지로 일개미는 철저히 계급화된 사회에
서 무한 착취를 감내하다 서러운 생을 마감할 뿐(「개미」)이며
모기는 "날렵한 자객" "피를 봐야 성이 차는 불한당" "난세에"
목소리만 큰 영웅(「난세의 영웅」)으로 풍자된다. 지네는 "횡설
수설 말만 많고／내용이 별로 없는 산문시"(「지네」)에 비유된
다. 이들 시에서 우리는 비개성적인 익명의 삶을 살고 있는 소
시민의 곤핍한 처지를 읽어낼 수도 있고 비정한 먹이사슬의 구
조 속에서 타인에게 기생해 사는 삶의 허망함을 떠올릴 수도 있
다. 그러나 작은 존재들에 대한 평가가 이처럼 부정적인 관점에

만 국한돼 있는 것은 아니다. 왜소하고 무력한, 그러면서도 나름대로 간교한 존재들에 대한 시인의 날카로운 풍자 속에는 차가운 비판과 함께 따뜻한 공감 또한 자리하고 있기 때문이다. 자벌레가 됐든 모기가 됐든 개미가 됐든 화자는 그들 속에서 자신을 발견한다. 그들이 지닌 부정적 측면은 타기하고 초극해야 할 것이 아니라 더불어 감내하고 인내할 수밖에 없는 것이다. 한걸음 더 나아가 화자는 작은 존재들을 통해 삶의 환희와 결합의 비의를 찾아내기도 한다. 꽃과 곤충은 광대한 우주 속에서 '겨우 존재하는 것들'이면서도 강렬한 생명력과 삶에의 의지로 화자를 놀라게 한다.

　　왜요? 돌아다보니, 오호호……
　　선혈이 낭자한 드라큘라
　　화려한 염문처럼 뒤따라온다
　　사방에 짜한 매혹적인 저 몸내
　　그 여자 입이 참 얇다
　　색이 너무 진하면 담을 넘듯
　　가시울 쳐도 새는 화냥끼
　　슬쩍 한 송이 꺾어?
　　그 여자 몸이 온통 가시다!

　　　　　　　　　　　　──「덩굴장미」부분

　　누구든 붙들고 싶어
　　어디든 잡을 줄만 있다면
　　더 멀리 더 높이 오르고 싶어
　　눈먼 고집이 허공에 길을 낸다
　　하늘이 동했을까?

남의 집 추녀 밑에 깨금발 딛고
쭈뼛대던 조막손이 어렵쇼!
흰칠한 욕망의 덩굴손 뻗어 감히
푸른 하늘 움켜쥐고 오르는
오, 화려한 등극이여!

──「나팔꽃」 부분

위 인용에서 흡혈귀에 비유된 덩굴장미는 한편으로 화자를 도
발시키면서 다른 한편으로 화자의 욕망을 차단한다. 농염한 덩
굴장미의 욕망은 담을 넘고 가시울을 빠져나와 세상을 붉게 달
군다. 나팔꽃 역시 욕망의 덩굴손을 뻗어 푸른 하늘을 움켜쥐고
오른다. 그 꽃에 날아드는 곤충 또한 욕망의 화신이라는 점에선
서로 동류이다. 다음 시에 그려진, 식물과 동물의 경계선을 넘
나드는 화려한 잡종교배의 현장을 보라.

꽃나무가 꽃술을 활짝 여니
벌들이 날아든다, 아니다
벌들이 날아들어 알찐거리니
꽃나무가 꽃술을 활짝 연다고
착상을 바꾼다, 그렇다
　　　＜중략＞
백주에 혼자 보는 춘화도 한 폭
누구의 화풍인지 낯이 뜨겁다

──「벌」 부분

살아 있음은 그 자체로 축복이며 살고자 하는 것은 모든 생명
체에게 주어진 엄숙한 지상명령이다. 삶의 욕망은 모든 것에 우

선하며 모든 것을 관류한다. "두 몸이 죽자사자 부둥켜안고／무아경을 헤매는" 합궁의 순간에 암컷이 수컷을 "머리부터 아작아작 씹어먹"(「사마귀」)는 사마귀나 "건들건들 봄바람을 몰고"와선 세상을 "또 한차례 色이 動하"(「나비」)게 하는 나비는 바로 이런 욕망의 치열성을 증명해주는 존재들이다. 사소한 것들의 사소하지 않음을 보아내는 시인의 범상치 않은 눈길은 일상의 풍경 속에서 "보탤 것도 뺄 것도 없는"(「익명의 스냅」) 스냅 사진처럼 단순하면서도 긴장에 가득 찬 순간을 발견해낸다. 시인이 오랜 세월 동고동락을 같이해온 아내를 도꼬마리씨에 비유해 다음과 같이 말할 때 우리는 열정과 치정이 그리 먼 거리에 있지 않음을 인식하게 된다.

> 그런데 가만 ! 이게 누구지 ?
> 아무리 털어도 떨어지지 않는
> 억센 가시손 하나
> 나의 남루한 바짓가랑이
> 한 자락 단단히 움켜쥐고 따라온
> 도꼬마리씨 하나
> 왜 하필 내게 붙어 왔을까 ?
> ——「도꼬마리씨 하나」 부분

시인이 즐겨 채택하는 소재인 식물과 곤충의 중간쯤에 위치한 이미지로 보이는 도꼬마리씨는 아내를 향한 화자의 마음의 일단을 드러내는 데 그치지 않고 일상적 삶에 매달려 무작정 살아온 자신에 대한 담담하면서도 절실한 회한을 담고 있다. 그러나 그 회한엔 후회의 처연함이 아니라 "갈 데까지 가보는 거다"라는 다부진 결의와 "서로가 서로에게 빚이 있다면／할부금 갚듯 정

주고 사는 거지 뭐" 같은 의연한 체념이 내재해 있다. 그가 「도꼬마리씨 하나」의 마지막 행을 "그리고 깨끗하게 늙는 일이다"라는 다짐으로 끝내거나 「벼락맞은 소나무」에서 몰운대 너럭바위의 노송을 보며 "지금 막 점프하려는/저 깨끗한 老慾"을 이야기하는 것은 그가 욕망의 생산성은 물론이고 욕망의 허구성까지 투명하게 깨닫고 있음을 말해준다. 그는 욕망을 무시하지도 않지만 욕망에 휘둘리지도 않는다. 바로 여기에 임영조가 욕망하는 시가 놓여 있으며 그가 지향하는 시적 자아가 탄생하게 된다. 꽃과 곤충들의 세계를 편력하며, 또 삼라만상의 생생한 교접의 순간을 지켜보며 시인이 그토록 소망한 것은 실은 무욕의 시 한 편이었던 것이다. 거대한 산과 폭포에서 미소한 꽃과 곤충에 이르기까지 살아 있는 것들은 모두 한사코 달라붙고, 들락거리고, 하나가 되고 싶어한다. 이러한 혼음과 교류의 종국적 귀착지는 잉태이다. 무엇을 잉태하는가? 시인에게 있어 그것은 시일 수밖에 없다.

임영조의 시에서 우리가 놓치지 말아야 할 점은 자연의 에로티시즘이 글쓰기의 에로티시즘으로 전환된다는 사실이다. 이 시인에게 있어 글쓰기란 외부세계와의 합체를 모색하는 또다른 길에 다름아니다. 나이가 들어 보통의 세속적 욕망을 거의 다 버린 지금에도 이 시인의 정신을 사로잡고 여전히 그의 가슴을 풀무질하는 것은 바로 '시라는 여성'이다. 그런 의미에서 임영조의 시는 '시쓰기에 대한 시'라고 할 수 있다. 임영조의 곤충우화집에서 긍정적인 의미를 부여받고 있는 생물은 대개 시인의 외양을 취하고 있다.

어디나 원래는 길이 없었다
가고 오니 길이 났을 뿐

길을 두고 뫼로 가는 장수하늘소
어눌하게 땅을 기던 갑충이
언제 저런 날개가 있었던고?
카이저 수염같이 멋진 더듬이
빳빳이 치켜세운 채
벌써 청계산 숲 속을 소요한다
마른 가슴과 배를 맞비벼
꾸르륵 찌르륵 선율을 켜며 난다

——「장수하늘소」 부분

그렇다, 詩想도 역시
산 걸로 낚아야 제 맛이 난다
잡는 즉시 단단히 포박한 채
고문하듯 비틀고 뒤집고 까봐야 안다
실컷 두들겨 혐의가 풀린 다음
꼭꼭 씹어 먹어야 좋은 실이 뽑히듯
오늘도 나는 그물을 짠다
빈방에 홀로 웅크린 거미처럼
은빛 투명한 그리움 풀어
막막한 허공에 그물을 친다

——「거미」 부분

"썩은 고목에 입을 박지 않"고 "굶주린 무위로 하늘을 나"는
장수하늘소가 생계에 연연해하지 않고 세속의 규범과 타협하지
않는 시인의 의지를 표상하고 있다면, 교묘히 그물을 쳐놓고 날
벌레가 산 채로 걸려들기를 기다리는 거미는 생체험에서 시상
(詩想)을 뽑아내는 시인의 주도면밀함과 오랜 수련을 나타내고

있다. 시인은 이처럼 시를 통해 부단히 시쓰기의 위상과 역할에 대해 성찰하고 자신의 시관을 제시하고자 애쓰고 있다. 이 시대에 시인이란 "누가 듣거나 말거나／온몸으로 열창하는"(「귀뚜라미」) 귀뚜라미이며, 시란 어두운 방에서도 "절실하게 빛나는 언어"(「반딧불」)처럼 간직해온 반딧불이다. 그는 고향의 늙은 감나무에 매달린 토종감 한 알에서 "마지막 등불 같은 시"(「토종감 한 알」)를 알아본다. 하지만 이 시인이 꿈꿔온 시쓰기를 전신으로 구현해 보여주는 존재를 하나만 들어보라면 아마도 매미가 될 것이다. 시인은 매미에게서 필생의 절창을 뽑기 위해 온몸을 쥐어짜며 시를 읊는 우리 시대 음유시인의 운명을 본다.

> 늦가을 탱자나무 가지에
> 해탈하듯 허물을 벗어 걸고
> 어디론가 잠적한 은자
> 그가 남긴 구각을 들여다보면
> 비로소 햇빛 본 유고집 같다
> 지난 여름 내내
> 한 소절의 시를 위하여
> 쓰디쓴 동음어만 반복하다 간
> 음유시인의 애절한 영가
> 아직도 맴맴 귓바퀴를 돌린다
>
> ──「매미 껍질」 부분

매미가 남기고 간 허물은 "장정이 투명하고 광나는" 일종의 유고시집이다. 이것 하나를 남기기 위해 매미는 그토록 애절하게 울음을 토한 것이다. 탈속과 통속 사이의 길을 어렵게 헤쳐온 시인은 투명한 매미 껍질만 남기고 훌쩍 이 세상을 벗어나

사라진다. 거기에 더 이상 어떤 말로 사족을 달 필요가 있으랴.

탈속과 통속 사이의 길이란 욕망의 과잉과 욕망의 소멸 사이로 난 길이다. 임영조는 자신을 이끄는 두 가지 상반된 힘 가운데 어느 한 편을 선택하지 않고 이 양 지점을 끝없이 성실하게 왕복하는 노력을 통해 미묘한 균형을 획득해오고 있다. 그는 욕망의 과잉에 머물러 있지도 않지만 욕망의 소멸을 욕망할 정도로 무모하지도 않다. 그런 의미에서 그는 현실주의자이다.

물론 세속 도시의 광포함에 맞서 시인이 내놓을 수 있는 것이라곤 고작 투명한 매미 껍질 같은 시집 한 권에 지나지 않는다. 그러나 매미 껍질이 있음으로 해서 세상은 "말이 말을 부르고 그 말이 서로 붙어"(「말」) 흙먼지를 일으키는 소란에서 잠시 벗어나 푸른 하늘을 향해 "맑은 꿈을 배접한 연을 띄"(「연을 띄우며」)울 수 있다. 비둘기 부리가 언 땅에 햇볕을 파종하듯 한 편의 시는 "혼신을 다해 사바를 노크하는/겨울 만다라"(「겨울 만다라」)일 수 있는 것이다.

대한 지나 입춘날
오던 눈 멎고 바람 추운 날
빨간 장화 신은 비둘기 한 마리가
눈 위에 총총총 발자국을 찍는다
세상 온통 한 장의 수의에 덮여
이승이 흡사 저승 같은 날
압정 같은 부리로 키보드 치듯
언 땅을 쿡쿡 쪼아 햇볕을 파종한다
사방이 일순 다냥하게 부풀어
내 가슴속 빈터가 확 넓어지고

먼 마을 풍매화꽃 벙그는 소리

———「겨울 만다라」 부분

후   기

　『갈대는 배후가 없다』 이후 4년 동안 써온 60편을 네번째 시집으로 묶는다. 평소 시 쓸 때는 안 그런데, 시집을 묶을 때마다 슬그머니 고개 드는 자문 하나가 있다. 내게도 과연 시적 재능이 있는가 하는 의구가 그것이다. 허나 이제 와서 어쩌랴. 나에게 있어서의 시란 늘 완성된 건축물이 아니라 계속 짓고 부수고 다시 고쳐 지어야 할 영원한 미완의 건축물이거늘.

　이번 시집은 내가 문단 말석을 차지한 지 만 스물일곱해 만에 내는 시집이다. 스물입곱해라면 내 평생에 결코 짧은 세월이 아닐 터이다. 헌데 겨우 네번째라는 사실은 그 동안 나의 시작업이 얼마나 굼뜨고 게으른가를 스스로 드러낸 꼴이 되고 말았다. 참 부끄러운 일이다. 시는 양보다 질이라지만 그게 어디 말처럼 쉬운 일이던가. 나는 차제에 좀더 부지런해지자는 각성과 함께 나이만 먹고 시끄럽게 빈 수레나 끄는 문학판의 건달만은 되지 말자고 내심 다짐할 뿐이다.

　그동안 나는 너무 오래 겉도는 세상일에 젊은 나이를 탕진하고 이제야 나만의 공간으로 돌아왔다. 이 공간은 번잡한 현실적 삶에 대한 불안과 절망과 권태를 제어하고 나의 중심으로 들어가기를 시도하는 마음의 감옥이다. 날마다 혼자 갇힌 채 나를 낮추고 외로워지는 연습을 하거나, 그게 안되면 아예 그리운 사람을 죽어라고 그리워하거나, 아직 가본 적 없는 산과 절과 바다를 불러들인다. 마음 닫고 갇혀 있으면 간혹 마음 밖의 산과 들이, 어느 해안가 솔바람 소리며 푸른 물결이, 이름을 잊었던 꽃들이 저절로 찾아오기도 한다. 저절로 찾아오는 추상이 실체보다 더 아름답고 반갑다는 유추가 내 시의 행간을 확장해주고 가슴 설레게 한다.

　나는 나의 시가 한결 더 진솔해지기를 바라는 만큼 내 삶도 단순해지기를 희망한다. 굳이 철학적 심각성이나 종교적 엄숙성을 표출하려는 현학적 허세보다 자기 비하의 아픔과 자기 겸손의 고통을 딛고 좀더 세상과 친하려는 따뜻한 시선을 갖고 싶다. 나의 삶 속에 내재된 구체적인 욕망과 보편적인 삶의 명분을 창조적으로 조화시켜나갈 수 있는 성실하고 겸손한 자기 극복의 과정이 곧 자기 중심으로 드는 길임을 믿는다. 아울러 그 길만이 마음의 감옥으로부터 탈출할 수 있는 길이며, 현실 속에서 함부로 용해되지 않는 시인의 길임을 나는 믿는다.

　　　　　　　　　　　　　　1997년 정초, 耳笑堂에서
　　　　　　　　　　　　　　　임　　영　　조

창비시선 157

귀로 웃는 집

초판 1쇄 발행 / 1997년 1월 20일
초판 5쇄 발행 / 2018년 11월 14일

지은이 / 임영조
펴낸이 / 강일우
펴낸곳 / (주)창비
등록 / 1986년 8월 5일 제85호
주소 / 10881 경기도 파주시 회동길 184
전화 / 031-955-3333
팩시밀리 / 영업 031-955-3399 · 편집 031-955-3400
홈페이지 / www.changbi.com
전자우편 / lit@changbi.com